اُردُو کی کتاب

برائے

جی سی ایس ای

حصہ دوم

صغیر احمد کنور

Dedicated
to my Mother

Hashmat Begum

ISBN 0-9532270-1-4

Third Edition September 2000

Published by: ***S. A. Kunwar***
1A, Almond Avenue, Buckhurst Hill
1G9 5JN Essex, England.
Tel : 0181-504 2444 Fax : 0181-593 7566

Typesetting and Page-making
Ahmed Grafics
Printed and bound in Pakistan
by ***Fazleesons (Pvt) Limited***, Karachi

Fehrisṯ فہرست
List of Contents

پیش لفظ

اردو کی کتاب برائے جی سی ایس ای (حصہ دوم) کا تیسرا ایڈیشن مناسب تبدیلیوں اور چند نئے اسباق کے ساتھ شائع کیا جارہا ہے۔ اس بات کا خاص خیال رکھا گیا ہے کہ کتاب کا مواد جی سی ایس ای کے نصاب کے مطابق ہو۔

برطانیہ کے اسکولوں میں اردو زبان کی باقاعدہ تعلیم کو اب خاصا عرصہ گزر چکا ہے۔ عام طور پر ان تمام اسکولوں میں جہاں پاکستانی طلبہ اور طالبات زیرِ تعلیم ہیں، اردو پڑھائی جارہی ہے۔ پاکستانیوں کے علاوہ بھارت کے طلبہ وطالبات بھی اردو میں دلچسپی رکھتے ہیں اور یہ زبان سیکھنا چاہتے ہیں۔ اس کی وجہ یہ ہے کہ اردو برِ صغیر پاک وہند کی تہذیب وثقافت کی پہچان بھی ہے اور میراث بھی۔

ہمارے طلبہ وطالبات اسکول کی تعلیم کے چوتھے اور پانچویں سال میں اردو ایک اختیاری مضمون کی حیثیت سے لیتے ہیں۔ ان طلبہ کی اردو جاننے کی صلاحیت ملی جلی ہوتی ہے۔ بعض کو اردو بالکل نہیں آتی اور بعض اردو سے خاصے واقف ہوتے ہیں۔ عمر، ذہنی استعداد، نصاب اور طریقۂ کار کے فرق کو سامنے رکھتے ہوئے طلبہ کو امتحانات کے لیے تیار کرنا ایک مشکل مرحلہ ہوتا ہے۔ تجربے سے یہی ثابت ہوا ہے کہ ان طلبہ کو اردو کمیونٹی لینگویج کے طور پر ہی پڑھانی چاہیے کیونکہ بطور فارن لینگویج اردو کی تدریس مفید ثابت نہیں ہوتی۔

اردو کی یہ کتاب جی سی ایس ای کے نصاب کو سامنے رکھ کر مرتب کی گئی ہے۔ کوشش یہ کی گئی ہے کہ اس کتاب کے ذریعے اردو پڑھنے والے، عام الفاظ اور جملوں سے نہ صرف واقف ہو جائیں بلکہ ان کا استعمال بھی سیکھ لیں اور بات چیت، مطالعے اور تحریر کے ذریعے اپنے خیالات کا بآسانی اور بے جھجک اظہار کر سکیں۔ بیشتر اسباق کو مکالموں کے ذریعہ پیش کیا گیا ہے تاکہ ایک طرف طلبہ کی دلچسپی برقرار رہے اور دوسری جانب وہ مکالموں کے ذریعے زیادہ بہتر طور پر سیکھ سکیں۔ انھی اسباق کی بنیاد پر مشقیں ترتیب دی گئی ہیں اور سوالات میں یہ خیال رکھا گیا ہے کہ طلبہ کو جواب تلاش کرنے میں دشواری نہ ہو۔ گزشتہ برسوں کے تدریسی تجربے نے مجھے یہ سکھایا ہے کہ بچے لاشعوری طور پر زیادہ بہتر طور پر سیکھتے اور سمجھتے ہیں۔ جن بچوں کو شعوری طور پر یا جبری طور پر زبان سکھانے کی کوشش کی جاتی ہے وہ زیادہ کامیاب نہیں رہتی۔

اردو کی تدریس کی بعض کتابوں کے بارے میں، جن پر خاصی محنت کی گئی ہے، یہ شکایت عام ہے کہ وہ طلبہ کے لیے زیادہ مفید ثابت نہیں ہوئیں۔ زیرِ نظر کتاب میں اس شکایت کو دور کرنے کی کوشش کی گئی ہے۔ میں سمجھتا ہوں کہ یہ کتاب، جو جی سی ایس ای نصاب کے مطابق ہے، کلاس ورک اور ہوم ورک، دونوں کے لیے کار آمد ثابت ہوگی۔ اس ایڈیشن میں اسباق کی مشقوں کو زیادہ مفید بنانے کی کوشش کی گئی ہے تاکہ طلبہ مشقوں کے ذریعے نہ صرف سبق کے موضوع سے زیادہ بہتر طور پر واقف ہو جائیں بلکہ اردو قواعد اور انشاء کو بھی آسانی کے ساتھ سیکھ

سکیں۔ اپنے استاد کی رہنمائی میں طلبہ وطالبات کو ان مشقوں کے ذریعے اردو سے مانوس ہونے میں مدد ملے گی۔ اس ایڈیشن میں الفاظ کے کھیلوں کا اضافہ بھی کر دیا گیا ہے تاکہ شوق اور ذہنی آمادگی کے ساتھ کتاب میں طلبہ کی دلچسپی قائم رہے۔

آخر میں ان تمام احباب کا شکریہ ادا کرنا ضروری سمجھتا ہوں جنھوں نے اس کتاب کے سلسلے میں مجھ سے تعاون کیا اور اپنے قیمتی مشوروں سے نوازا۔ بالخصوص جناب ڈاکٹر شہباز خان، ڈاکٹر سید اظفر حسین، مسٹر اور مسز سلطان اشرفی، مسز سعیدہ مساوی، جناب فرید سپرو اور اپنے اہلِ خانہ کا نہایت ممنون ہوں کہ ان کے تعاون سے اس کتاب کی اشاعت ممکن ہوئی۔ جناب معین کمالی کا شکریہ بھی واجب ہے کہ انھوں نے کتاب کے مسودے پر نظر ثانی کی۔ میں اردو کے ان تمام اساتذہ کا بھی شکر گزار ہوں جنھوں نے کتاب کے سابقہ دو ایڈیشنوں کے حوالے سے مفید تجاویز اور مشورے دیے جن کی مدد سے کتاب کو بہتر بنانے میں مدد ملی۔ مجھے امید ہے کہ یہ حضرات اس ایڈیشن کے بارے میں بھی اپنے بے لاگ تبصروں اور مفید آراء سے مطلع فرمائیں گے۔ شکریہ۔

صغیر احمد کنور

بی ایس سی (علیگ) ایم ایس سی فزکس،
ٹیچرس ٹریننگ سرٹیفکیٹ ریاضی
پالی ٹیکنک آف نارتھ لندن

Lesson No. 1 سبق نمبر 1

امجد، اس کا خاندان اور دوست

Āmjad̄, uss kaa Khaand̄aan aur D̄oast̄

Amjad, his Family and Friends

میرا نام امجد ہے۔ میری عمر پندرہ سال ہے اور میں جی سی ایس ای کر رہا ہوں۔ میرے والد کاروبار کرتے ہیں اور والدہ گھر میں رہتی ہیں۔ میری ایک بہن ہے لیکن کوئی بھائی نہیں ہے۔ ہمارے گھر میں ایک پالتو کتا ہے جس کا نام جیک ہے۔ میرے کئی دوست ہیں۔ ان میں کچھ اسکول کے دوست ہیں اور کچھ پڑوسی اور رشتے دار ہیں۔ میرا سب سے اچھا دوست جان ہے۔ وہ میرے ساتھ اسکول میں پڑھتا ہے اور میری ہی گلی میں رہتا ہے۔ وہ پانچ سال کی عمر سے میرا دوست ہے۔

سالگرہ

اگلے ہفتے میری سالگرہ ہے۔ اس کے ایک ہفتے بعد میری چھوٹی بہن کی سالگرہ ہے۔ میں اگلے ہفتے سولہ سال کا ہو جاؤں گا۔ میری بہن فرزانہ مجھ سے دو سال چھوٹی ہے۔ میرے والدین نے میری سالگرہ کے موقع پر ایک بڑی پارٹی کا پروگرام بنایا ہے جس میں ہمارے پڑوسی، دوست اور رشتے دار شرکت کریں گے۔

تہوار

ہم مسلمان ہیں۔ ہم عیسائیوں کی طرح کرسمس نہیں مناتے بلکہ عید مناتے ہیں جو ماہ رمضان کے بعد آتی ہے۔

عید مسلمانوں کا بہت اہم تہوار ہے۔ عید پر بچوں کو نقد رقم اور تحفوں کی شکل میں عیدی ملتی ہے۔ عید پر لوگ ایک دوسرے کے گھروں پر جاتے ہیں۔ سالگرہ اور عید جیسے موقعوں پر دوستوں اور رشتے داروں سے ملاقات ہو جاتی ہے۔ میں ان سے مل کر خوب لطف اندوز ہوتا ہوں۔

AT3 L3/4

Exercise A:

Answer the questions:

مشق الف:

سوالات کے جواب دیجیے:

1. How old is Amjad and in which class does he study?
2. How many brothers and sisters does Amjad have? Tell their names and ages.
3. How will Amjad's birthday be celebrated and who will be invited?
4. What festival does Amjad celebrate and why?
5. On what occasions do friends, relations and neighbours get together?

1- امجد کی عمر کتنی ہے اور وہ کس کلاس میں پڑھتا ہے؟

2- امجد کے کتنے بہن بھائی ہیں، ان کے نام اور عمر بتائیے؟

3- امجد کی سالگرہ کیسے منائی جائے گی اور اس میں کون کون شریک ہوگا؟

4- امجد کون سا تہوار مناتا ہے اور کیوں؟

5- کس کس موقع پر دوست، رشتے دار اور پڑوسی اکٹھے ہوتے ہیں؟

AT4 L3/4

Exercise B:

The wedding ceremony of Amjad's cousin will be held in the next month. Write a dialogue between Amjad and Farzana about their preparations and invitation of guests.

مشق ب:

اگلے مہینے امجد کے کزن کی شادی ہے۔ اس کی تیاری اور شرکت کے بارے میں امجد اور فرزانہ کی گفتگو لکھیے۔

Exercise C:

You might have attended a Christmas party. Write a few sentences describing the party.

مشق ج:

آپ کسی کرسمس پارٹی میں شریک ہوئے ہوں گے۔ چند جملوں میں اس کا حال لکھیے۔

Exercise D:

Fill in the following chart by getting information from one of your friends, neighbours and cousins.

مشق د:

اپنے ایک دوست، ایک پڑوسی اور ایک کزن سے معلومات حاصل کر کے مندرجہ ذیل چارٹ مکمل کیجیے۔

کزن	پڑوسی	دوست	
			نام
			عمر
			کلاس
			اسکول
			مشغلہ
			پسندیدہ کتاب
			پسندیدہ کھیل

Exercise E:

What type of neighbour would you like? Write five sentences.

مشق ہ:

آپ کیسا پڑوسی پسند کرتے ہیں؟ پانچ جملے لکھیے۔

Exercise F:

Amjad's parents, his sister, friend and dog are shown in the main picture of this lesson. Identify and write down the name of each of the following pictures.

مشق و:

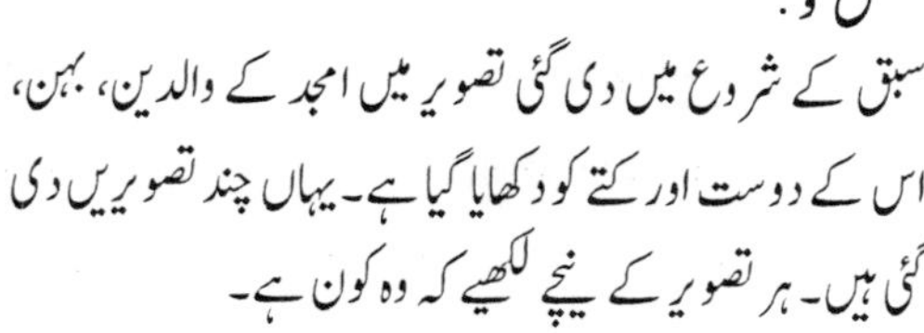

سبق کے شروع میں دی گئی تصویر میں امجد کے والدین، بہن، اس کے دوست اور کتے کو دکھایا گیا ہے۔ یہاں چند تصویریں دی گئی ہیں۔ ہر تصویر کے نیچے لکھیے کہ وہ کون ہے۔

....

....

....

....

....

AT4 L4/5

Exercise G:

Turn the following English passage into Urdu:

مشق ز:

مندرجہ ذیل انگریزی عبارت کا اردو میں ترجمہ کیجیے۔

It was a hot summer day. A fox was feeling very hungry. She went out in search of food. She saw some grapes hanging down a vine in a garden. Her mouth began to water. She jumped to get them but could not reach the vine. She tried again and again but failed every time. At last she left the garden saying, "The grapes are sour. These are not worth-eating at all."

Vocabulary   ذخیرۂ الفاظ

Birth	Paidaa-ish	پَیْدائِشْ
Pet	Paaltoo	پالْتُو
Festival	Tahwaar	تَہْوار
Relations	Rishtaydaar	رِشْتے دَار
Birthday	Saalgirah	سَالْگِرَہ
Participation	Shirkat	شِرْکَتْ
Age	Umr	عُمْرْ
Eid gift	Eedee	عِیْدِیْ
Business	Kaaroabaar	کارُوبَار
Meeting	Mulaaqaat	مُلاقَات
Enjoy	Lutf Andoaz	لُطْف اَنْدُوز
Occasion	Mauqa'	مَوقَعْ

Lesson No. 2 — سبق نمبر 2

امجد اپنے گھر اور اسکول میں

Āmjad āpnay Ghaar aur Iskool main

Amjad at Home and School

برطانیہ میں مختلف قسم کے مکانات ہوتے ہیں۔ زیادہ تر ٹیریس والے ہیں۔ ان کے علاوہ بنگلے، جزوی طور پر علیحدہ (Semi-detached) اور مکمل علیحدہ (Detached) مکانات بھی ہیں۔ امجد ایک سیمی ڈیٹیچڈ مکان میں رہتا ہے۔ اس میں نیچے کی منزل (گراؤنڈ فلور) پر بیٹھک (لاؤنج)، کھانے کا کمرا، مطالعے کا کمرا اور باورچی خانہ ہے۔ باورچی خانے کا ایک دروازہ باغیچے میں بھی کھلتا ہے۔ پہلی منزل پر سونے کے تین کمرے، بیت الخلا اور غسل خانہ ہے۔ بیٹھک میں صوفہ سیٹ کے درمیان ایک میز، ٹی وی، ہائی فائی سسٹم، وی سی آر، گل دان اور ویڈیو کیسٹ رکھے ہیں۔ دیواروں پر خاندانی اور قدرتی مناظر کی تصویریں لگی ہیں۔ بیٹھک کے برابر کھانے کا کمرا ہے جہاں ایک بڑی میز کے چاروں طرف چھ کرسیاں رکھی ہیں۔ اسی کمرے میں کھانے کے برتن رکھے ہیں۔ مطالعے کے کمرے میں کتابوں کی الماری اور ایک ڈیسک ہے جس پر امجد کا کمپیوٹر رکھا ہے۔ باورچی خانے میں امجد کی والدہ کھانا پکاتی ہیں۔ نیچے کی منزل پر مہمانوں کے لیے ایک چھوٹا سا غسل خانہ بھی ہے۔ سونے کے ہر کمرے میں ایک پلنگ اور کپڑے رکھنے کی ایک الماری ہے۔

امجد کے معمولات

امجد روزانہ صبح ساڑھے سات بجے سو کر اٹھتا ہے۔ سب سے پہلے بیت الخلا جاتا ہے۔ پھر دانت صاف کرتا ہے

اور نہا دھو کر کپڑے بدلتا ہے۔ وہ آٹھ بجے ناشتہ کرتا ہے۔ ناشتے کے بعد امجد اسکول کے لیے روانہ ہو جاتا ہے۔ امجد جی سی ایس ای کی تیاری کر رہا ہے۔ پہلے وہ اردو، حساب اور سائنس پڑھتا ہے۔ دوپہر کے بعد انگریزی اور تاریخ کی کلاسیں ہوتی ہیں۔ ساڑھے بارہ بجے سے ڈیڑھ بجے تک کھانے کا وقفہ ہوتا ہے۔ امجد اسکول کی کینٹین میں کھانا کھاتا ہے۔ ساڑھے تین بجے اسکول کی چھٹی ہو جاتی ہے۔

امجد اسکول سے پیدل گھر آتا ہے۔ وہ سوا چار بجے گھر پہنچتا ہے۔ شام کو چائے کے ساتھ بسکٹ، کیک، سموسے یا پکوڑے کھاتا ہے۔ کچھ دیر ٹی وی دیکھتا ہے۔ پھر اسکول سے ملنے والا کام (ہوم ورک) کرتا ہے۔ اسی دوران اس کے والد صاحب اپنے دفتر سے گھر پہنچ جاتے ہیں۔ کپڑے بدل کر ہاتھ منہ دھوتے ہیں۔ ایک پیالی چائے پیتے ہیں۔ صوفے پر ٹی وی کے سامنے بیٹھ کر ستاتے ہیں۔ رات آٹھ بجے خاندان کے سب لوگ ساتھ بیٹھ کر کھانا کھاتے ہیں۔ امجد گھر کے کام میں امی کی مدد کرتا ہے۔ کارپٹ کلینر سے گھر صاف کرتا ہے۔ وہ کبھی کبھی اپنے ابا کی کار بھی دھوتا ہے۔ کار دھونا اسے اچھا لگتا ہے۔ امجد کی بہن ثمینہ گھر کی صفائی کرتی ہے اور اپنی امی کے ساتھ مل کر کھانا پکاتی ہے۔

AT3 L4

Exercise A: مشق الف:

Answer the following questions: مندرجہ ذیل سوالوں کے جواب دیجیے:

1. How many types of houses do you see in Britain? 1- برطانیہ میں کتنی قسم کے مکانات ہوتے ہیں؟
2. How many rooms are there in your home? 2- آپ کے مکان میں کتنے کمرے ہیں؟
3. What sort of furniture is there in the rooms? 3- کمروں میں کس قسم کا فرنیچر ہے؟
4. How does Amjad get ready before going to school? 4- اسکول جانے کے لیے امجد کیا تیاری کرتا ہے؟
5. How does he spend his time at school? 5- اسکول میں وہ اپنا وقت کس طرح گزارتا ہے؟
6. How does Amjad spend his time on Saturday and Sunday? 6- سنیچر (ہفتہ) اور اتوار کو امجد اپنا وقت کس طرح گزارتا ہے؟

AT3 L4

Exercise B: مشق ب:

Amjad's uncle, his wife and daughter Seema have come to his house. How does Amjad's father welcome them. Write in the form of a dialogue.

امجد کے چچا اپنی بیوی اور بیٹی سیما کے ساتھ اس کے گھر آئے ہیں۔ اس کے والد مہمانوں کا استقبال کرتے ہیں۔ اسے گفتگو کی شکل میں لکھیے۔ مثلاً:

امجد کے والد: ارے بھئی ارشد یہ اچانک کیسے آنا ہوا۔ کوئی اطلاع بھی نہیں دی۔

چچا: السلام علیکم بھائی صاحب، بات دراصل یہ ہے کہ ....

چچی: جی نہیں، انہیں خود ہی اچانک آپ سے ملنے کا خیال آگیا تو سیما بھی ضد کرنے لگی۔

والد: چلو اچھا ہوا............

Exercise C:

The layout plans of Amjad's house are given below. Write down the name of place or room against each number.

مشق ج:

نیچے امجد کے گھر کی فرشی منزل (گراؤنڈ فلور) اور پہلی منزل کے خاکے دیے گئے ہیں۔ ہر نمبر کے سامنے لکھیے کہ وہ کون سی جگہ یا کمرا ہے۔

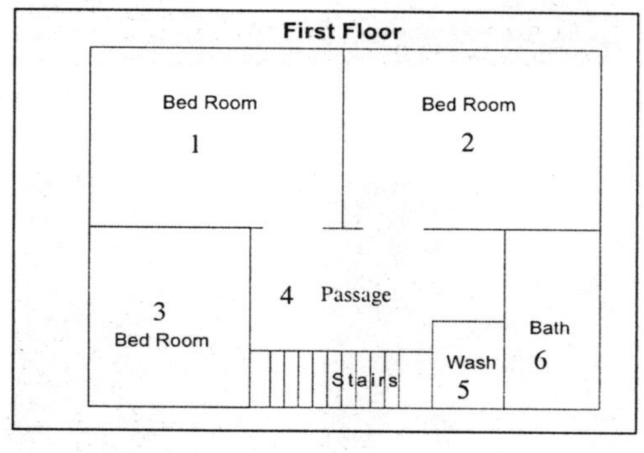

Ground Floor
Drawing Room 1
Sitting Room 2
Dinning Room 3
Enterance 4
Kitchen 5
Garden 6
Wash
Stairs

1 .... 2 ....

3 .... 4 ....

5 .... 6 ....

1 .... 2 ....

3 .... 4 ....

5 .... 6 ....

Exercise D:

Which of the two is a better pet, a dog or a cat? Write at least five sentences.

مشق د:

کتا اچھا پالتو جانور ہے یا بلی؟ کم از کم پانچ جملے لکھیے۔

Exercise E:

Make groups of four students each and discuss your daily routine.

مشق ہ:

چار چار طلبا و طالبات کے گروپ بنا کر اپنے روزمرہ کے معمولات پر گفتگو کیجیے۔

Exercise F:

There are different types of houses in the Britain. A few of them are shown in the following pictures. Write down the type of each house.

مشق د :

نیچے برطانیہ کے چند مکانات کی تصویریں دی گئی ہیں۔ ہر تصویر کے نیچے لکھیے کہ وہ کس قسم کا مکان ہے۔

....

....

....

....

Vocabulary   ذخیرۀ الفاظ

Sitting room	Baithāk	بَیٹِھک
Uncle	Chāchaa	چَچا
Vase	Guldāan	گُلدَان
Different	Mukhtalif	مُختَلِف
Houses	Mākaanaat	مَکَانَات
Storey	Mānzil	مَنزِلُ
Toilet	Bait-ul-Khālaa	بَیتُ الخَلَا
On foot	Paidal	پَیدَلُ
Routine	Ma'moolaat	مَعمُولَات

Lesson No. 3 سبق نمبر 3

حمد

$H\bar{a}m\bar{d}$

In Praise of God

اے دو جہاں کے والی ۔ اے گلشنوں کے مالی
ہر چیز سے ہے ظاہر ۔ قدرت تری نرالی
تیرے ہی فیض سے ہے ۔ سرسبز ڈالی ڈالی
پتوں میں تیری رنگت ۔ پھولوں میں تیری لالی
یہ سلسلہ جہاں کا ۔ دنیا کے گلستان کا
پھولوں بھری زمیں کا ۔ تاروں کے آسماں کا
سارا ہے کام تیرا ۔ پیارا ہے نام تیرا

اے دو جہاں کے والی
اے گلشنوں کے مالی
ہر ایک غلام تیرا
پیارا ہے نام تیرا

حفیظ

AT3 L4

Exercise A: مشق الف:

Answer the following questions: مندرجہ ذیل سوالوں کے جواب دیجیے:

1. Who has been addressed to in this poem? 1-اس نظم میں کس سے خطاب کیا گیا ہے ؟
2. What is the colour of leaves? 2-پتوں کا رنگ کیا ہوتا ہے ؟
3. What colour does the poet see in flowers? 3-شاعر نے پھولوں کا کیا رنگ بتایا ہے ؟
4. What do you see in the sky at night? 4-رات کے وقت آپ کو آسمان میں کیا نظر آتا ہے ؟
5. Whose name is lovely and why? 5-کس کا نام پیارا ہے اور کیوں ؟

Exercise B: | **مشق ب:**

Learn the poem by heart. Make a group of two students and recite it before the class.

اس حمد کو زبانی یاد کیجیے اور دو کا گروپ بنا کر کلاس کو سنائیے۔

AT4 L3

Exercise C: | **مشق ج:**

Write down the uses of the following creations of God:

اللہ تعالٰی نے انسانوں کے لیے جو چیزیں پیدا کی ہیں ان میں سے کچھ ذیل میں درج ہیں، ان کے فائدے لکھیے:

فائدے	چیز
	سمندر
	درخت
	گائے
	سورج
	ہوا

AT4 L2

Exercise D: | **مشق د:**

Write down the colours of the following:

مندرجہ ذیل کے رنگ لکھیے:

	خون		کوا
	پتّا		طوطا
	پانی		گلاب
	آم		آسمان

Exercise E: | **مشق ہ**

Similar sounding (rhyming) words used in Urdu poem are called *"Qaafiyah"*. Generally it comes in the second line of a couplet. Make a list of all same-sounding words used in this poem.

اشعار میں استعمال کیے جانے والے ہم آواز الفاظ کو قافیہ کہتے ہیں۔ قافیہ عام طور پر شعر کے دوسرے مصرع میں آتا ہے۔اس نظم میں جتنے قافیے (ہم آواز الفاظ) استعمال ہوئے ہیں ان کی فہرست بنائیے۔

Exercise F:

مشق و:

Complete the chart by turning the following sentences into Past tense and Future tense.

مندرجہ ذیل جملوں کو زمانہ ماضی اور زمانہ مستقبل میں تبدیل کر کے چارٹ مکمل کیجیے۔

Future Tense زمانہ مستقبل	Past Tense زمانہ ماضی	Present Tense زمانہ حال	نمبر
		منصور اسکول آتا ہے۔	-1
		ہم میچ دیکھ رہے ہیں۔	-2
		والدین بچوں سے محبت کرتے ہیں۔	-3
		ارشد میدان سے جا چکا ہے۔	-4
		میری کتاب بہت اچھی ہے۔	-5

Vocabulary ذخیرۂ الفاظ

World	*Jahaan*	جَہاں
Lord	*Waalee*	وَالِی
Apparent, Evident	*Zaahir*	ظَاہِر
Power, Nature	*Qudrat*	قُدرَت
Unique	*Niraalee*	نِرَالِی
Grace, Favour	*Faiz*	فَیض
Green	*Sarsabz*	سَرسَبز
Branch	*Daalee*	ڈَالِی
Colour	*Rangat*	رَنگَت
Redness	*Laalee*	لَالِی
Chain, Series	*Silsilah*	سِلسِلَہ
Garden	*Gulsitaan*	گُلِستَاں
Full of flowers	*Phoolaun Bharee*	پھُولوں بَھری
Lovely, Beautiful, Dear	*Piyaaraa*	پیَارَا
Slave, Servant	*Ghulaam*	غُلَام

Lesson No. 4 سبق نمبر4

ایک کمرا کرائے پر چاہیے

Ayk Kāmrāh Kiraa-ay pār Chaahiyay

Required a Room on Rent

کوئی شخص دوسرے شہر میں کسی کام سے یا گھومنے پھرنے جائے تو اسے وہاں ٹھہرنے کے لیے کسی ہوٹل یا پرائیویٹ فلیٹ میں کرائے پر کمرے کی ضرورت پڑتی ہے۔ وہ اپنی ضرورت کے مطابق سنگل یا ڈبل روم تلاش کرتا ہے اور جب تک وہاں رہتا ہے اس کا کرایہ روزانہ یا ہفتے وار ادا کرتا رہتا ہے۔ پریم چند نے ایک مسافر کی حیثیت سے دوسرے شہر میں جا کر کس طرح کمرا تلاش کیا۔ ذرا دیکھیے۔

مسافر: نمستے!

مالک مکان: نمستے!

مسافر: کیا آپ کے پاس کوئی کمرا خالی ہے؟

مالک مکان: جی ہاں! آپ کو کیسا کمرا چاہیے، بڑا یا چھوٹا؟

مسافر: مجھے ڈبل بیڈ والا کمرا چاہیے۔

مالک مکان: جی، آپ کو مل جائے گا۔

مسافر: کیا آپ مجھے وہ کمرا دکھا سکتے ہیں؟

مالک مکان: کیوں نہیں، آیئے میرے ساتھ۔ (دونوں ساتھ جاتے ہیں) دیکھیے یہ کمرا خالی ہے۔

مسافر: ٹھیک ہے، لیکن اس کا کرایہ کتنا ہے؟

مالک مکان: صرف چالیس پونڈ فی ہفتہ۔

مسافر: گیس اور بجلی اس کرائے میں شامل ہیں نا؟

مالک مکان: جی، بالکل۔

مسافر: اس میں سینٹرل ہیٹنگ ہے؟

مالک مکان: جی ہاں، مکمل۔

مسافر: آپ کے پاس اس سے چھوٹا کمرا بھی ہے؟

مالک مکان: وہ سامنے والا کمرا چھوٹا ہے۔

مسافر: (قریب جاکر) یہ تو بہت ہی چھوٹا ہے۔ میں بڑا والا ہی لوں گا۔

مالک مکان: کوئی بات نہیں، لیکن آپ کو کچھ رقم پیشگی دینا ہوگی۔

مسافر: یہ لیجیے سو پونڈ، میں اپنا سامان لے کر آتا ہوں۔

مالک مکان: آپ کس وقت آئیں گے؟

مسافر: دوپہر کے بعد۔

مالک مکان: اس سے پہلے نہیں آسکتے؟

مسافر: کیوں نہیں، میں گیارہ بجے پہنچ جاؤں گا۔

مالک مکان: یہ وقت مناسب ہے۔ میں گیارہ بجے یہاں موجود رہوں گا۔

مسافر: اچھا جی، نمستے۔

AT3 L3

Exercise A:

Answer the following questions:

مشق الف:

مندرجہ ذیل سوالوں کے جواب دیجیے:

1. When do people stay at a hotel?
2. What type of room did Prem Chand choose?
3. What was the rent of the room?
4. Were the gas and electricity charges included in the rent?
5. What time did Prem Chand promise to reach?

1- لوگ ہوٹل میں کب قیام کرتے ہیں؟

2- پریم چند نے کیسا کمرا پسند کیا؟

3- اس کمرے کا کرایہ کتنا تھا؟

4- کیا اس کرائے میں گیس اور بجلی شامل تھی؟

5- پریم چند نے کتنے بجے پہنچنے کا وعدہ کیا؟

AT4 L3

Exercise B:

مشق ب:

You have just arrived in London. Write a few lines about your experience in seeking a room on rent.

آپ لندن میں نئے ہیں۔ اپنے لیے کرائے کا کمرا تلاش کرنے میں آپ کا تجربہ کیسا رہا؟ مختصر طور پر لکھیے۔

Exercise C:

مشق ج:

Fill in the form to get a room on rent.

کرائے کے لیے کمرا حاصل کرنے کا فارم بھریے۔

شالیمار ہوٹل

12۔ بیچ روڈ۔ بلیک پول۔ لنکا شائر

تاریخ..............................

خاندانی نام مسٹر / مسز / مس..............................

پہلا نام..............................

تاریخ پیدائش..............................

پیشہ .... قومیت .... پاسپورٹ نمبر..............................

مستقل پتہ..............................

گھر کا ٹیلی فون نمبر..............................

دفتر کا ٹیلی فون نمبر..............................

کتنے دن قیام کریں گے..............................

ایڈوانس (پیشگی) پونڈ.............................. پینس..............................

دستخط..............................

Exercise D:

مشق د:

Suppose you have gone to Karachi to spend your vacations. Your teacher plays the role of the owner of a hotel. Have a telphone conversation with him.

فرض کیجیے آپ چھٹیاں گزارنے کراچی گئے ہوئے ہیں۔ آپ کسی ہوٹل کو فون کیجیے کہ آپ کو ایک کمرا چاہیے۔ (استاد فون کا جواب دے گا)۔ مثلاً:

1-(کہیے): السلام علیکم۔ مجھے فرخ کہتے ہیں۔

استاد: ....

2- میں ایک کمرا ایک کرانا چاہتا ہوں۔

استاد: ....

3- کمرے کے ساتھ غسل خانہ بھی ہونا چاہیے۔

استاد: ....

4- کمرا ویک اینڈ (جمعہ کی شام سے پیر کی صبح تک) کے لیے چاہیے۔

استاد: ....

5- شکریہ۔ خدا حافظ۔

استاد: ....

Exercise E:

Make a list of the things present in your room and attached bathroom at the hotel. (Not less than 10 items).

مشق ہ:

ہوٹل میں آپ کے کمرے اور غسل خانے میں کیا کیا چیزیں موجود تھیں ان کی ایک فہرست بنائیے۔ (دس سے کم نہ ہوں)۔

Vocabulary ذخیرۂ الفاظ

Large, Big	*Baraa*	بَڑَا
To stay	*Thaharnaa, Qayaam karnaa*	ٹھَہَرْنَا- قَیَامْ کَرْنَا
Answer, Reply	*Jawaab*	جَوَابْ
Little, Small	*Chhoataa*	چھُوٹَا
Empty, Vacant	*Khaalee*	خَالِیْ
Daily	*Roazaanah*	رُوزَانَہْ
Weekly	*Haftah waar*	ہَفْتَہْ وَارْ
Fare, Rent	*Kiraayah*	کِرَایَہْ
Nationality	*Qaumiyat*	قَوْمِیَّتْ
Proper, Suitable	*Munaasib*	مُنَاسِبْ
According to	*Mutaabiq*	مُطَابِقْ
Hindi greeting	*Namastay*	نَمَسْتےْ
Electricity	*Bijlee*	بِجْلِیْ
Advance	*Payshgee*	پیْشگِیْ

مدینہ منورہ میں مسجد نبوی، جہاں حضرت محمد صلی اللہ علیہ وسلم کا روضہ مبارک ہے

Lesson No. 5 سبق نمبر5

حضرت محمد صلی اللہ علیہ وسلم

Hazrat Muhammad Sallallaah-o-Alaih-e-Wasallam

راجو شام کو اپنے دوست بدر کے گھر پہنچا تو اسے گلی کا ماحول کچھ بدلا بدلا نظر آیا۔ مہمان خانے میں بیٹھتے ہی اس نے پوچھا "کیوں بھئی بدر، خیر تو ہے آج تمہاری گلی میں یہ شامیانے، قناتیں اور روشنیاں کیسی ہیں؟"

بدر: ہاں یار آج رات یہاں عید میلاد النبی (صلی اللہ علیہ وسلم) کا جلسہ ہے۔

راجو: وہ کیا ہوتا ہے؟

بدر: ہم جس پیغمبر پر ایمان رکھتے ہیں ان کا نام (حضرت) محمد (صلی اللہ علیہ وسلم) ہے۔ آج 12 ربیع الاول ہے جو ان کا یوم پیدائش ہے۔

راجو: مطلب یہ کہ آج تمہارے پیغمبر کی سالگرہ ہے۔

بدر: یہی سمجھ لو۔ عربی میں پیدائش کو میلاد اور خوشی کو عید کہتے ہیں۔ عید میلاد النبی کا مطلب یہ ہے کہ ہم اپنے نبی کی پیدائش پر خوشی مناتے ہیں۔ آج ان کے بارے میں کچھ باتیں بتائی جائیں گی۔

راجو: کون بتائے گا اور کب بتائے گا؟

بدر: رات کو دو بڑے عالم دین آئیں گے۔ جلسہ ٹھیک نو بجے شروع ہو جائے گا۔

راجو: مجھے افسوس ہے کہ میں اس وقت تک نہیں رک سکتا ورنہ میں بھی تمہارے پیغمبر کے بارے میں معلومات حاصل کرتا۔ مختصر طور پر تم ہی کچھ بتا دو۔

بدر: ہمارے پیغمبر حضرت محمد صلی اللہ علیہ وسلم پیر کے دن صبح سویرے عرب کے ایک شہر مکہ میں 20 اپریل 571 عیسوی کو پیدا ہوئے۔ ہجری سن کے مطابق یہ 12 ربیع الاوّل کا دن تھا۔

راجو: انہوں نے بچپن کیسے گزارا اور تعلیم کہاں حاصل کی؟

بدر: انہوں نے کبھی اور کسی سے تعلیم حاصل نہیں کی اس لیے آپ کو اُمّی کہا جاتا ہے۔ بچپن میں آپؐ نے بکریاں چرائیں لیکن کسی کھیل کود میں حصہ نہیں لیا۔ نہ کبھی جھوٹ بولا اور نہ کسی سے لڑائی کی۔ بڑے ہوئے تو تجارت کرنے لگے۔

راجو: جب انہوں نے تعلیم ہی حاصل نہیں کی تو علم و حکمت کی باتیں انہوں نے کہاں سے سیکھیں جن کی وجہ سے وہ ساری دنیا کے مسلمانوں کے رہنما سمجھے جاتے ہیں؟

بدر: اللہ تعالیٰ نے ہمارے نبیؐ کو کسی انسان کا شاگرد بنانا پسند نہیں کیا بلکہ ایک فرشتے کے ذریعہ انہیں خود علم سکھایا۔ اس علم کو وحی کہتے ہیں۔

راجو: انہیں کس عمر سے علم سکھایا گیا؟

بدر: جب حضرت محمد صلی اللہ علیہ وسلم چالیس سال کے ہوئے تو آپؐ پر پہلی وحی نازل ہوئی اور پھر جب بھی ہدایت کی ضرورت پڑتی، وحی نازل ہو جاتی۔ جب آپؐ 63 برس کے ہو کر دنیا سے رخصت ہوئے اس وقت تک یعنی 23 سال تک وحی نازل ہوتی رہی۔ آپؐ 53 سال کی عمر میں مکے سے مدینہ چلے گئے تھے۔ وہیں مسجد نبوی میں آپ کا روضہ مبارک ہے۔

راجو: بہت خوب، اچھا دوست مختصر طور پر یہ بھی بتادو کہ تمہارے پیغمبرؐ نے انسانوں کو کیا تعلیم دی؟

بدر: ہمارے نبیؐ بچپن ہی سے نہایت ایماندار، سچے اور دوسروں کی امانتیں حفاظت سے رکھنے کے لیے مشہور تھے۔ اس لیے لوگ آپ کو صادق یعنی سچا اور امین یعنی امانتوں کا رکھوالا کہتے تھے۔ آپؐ نے لوگوں کو تعلیم دی کہ اللہ ایک ہے، اس کے سوا کوئی اور عبادت کے لائق نہیں۔ ہمیں ہر حالت میں سچ بولنا اور جھوٹ سے پرہیز کرنا چاہیے۔ آپؐ نے انسانوں سے محبت کرنا اور برے کاموں سے بچنا سکھایا۔ آپؐ نے فرمایا کہ تمام انسان برابر ہیں۔ انسانوں کے درمیان رنگ، نسل، زبان اور حیثیت کا کوئی فرق نہیں۔ ہاں شریف اور نیک لوگ بری عادتوں والے لوگوں کے مقابلے میں عزت اور احترام کے لائق ہیں۔

راجو: بدر بھائی، سچی بات تو یہ ہے کہ یہ تعلیمات بڑی اچھی ہیں۔ دل تو چاہتا ہے کہ تم مجھے کچھ اور بتاؤ لیکن کافی دیر ہو گئی ہے۔ میرے والدین انتظار کر رہے ہوں گے۔ پھر کسی دن آؤں گا تو کچھ اور معلومات حاصل کروں گا۔ اچھا دوست اجازت، خدا حافظ۔

بدر: تمہارے آنے کا بہت بہت شکریہ، خدا حافظ۔

AT3 L4/5

Exercise A:

Answer the following questions:

1. What changes did Raju see in the street where Badar lived?
2. What do you understand by Eid-e-Meelaad-un-Nabee?
3. When and where was Hazrat Muhammed (P.B.U.H) born?
4. Who was the teacher of Prophet Muhammed (P.B.U.H)?
5. At what age did he got the first revelation?
6. By what names did the people call him?
7. At what age did he leave the world?
8. In which city is the Masjid-e-Nabawee situated?

مشق الف:

مندرجہ ذیل سوالوں کے جواب دیجیے:

1- راجو کو بدر کی گلی میں کیا تبدیلیاں نظر آئیں؟

2- "عید میلادالنبیؐ" سے آپ کیا سمجھتے ہیں؟

3- حضرت محمد صلی اللہ علیہ وسلم کب اور کہاں پیدا ہوئے؟

4- نبی پاکؐ کا استاد کون تھا؟

5- کس عمر میں آپؐ پر پہلی وحی نازل ہوئی؟

6- آپؐ کو لوگ کس نام سے پکارتے تھے؟

7- آپؐ جب دنیا سے رخصت ہوئے تو عمر کیا تھی؟

8- مسجد نبوی کس شہر میں واقع ہے؟

AT4 L3/4

Exercise B:

Write down the basic teachings of the Holy Prophet (P.B.U.H) in five sentences.

مشق ب:

حضرت محمد صلی اللہ علیہ وسلم کی اہم تعلیمات کو پانچ جملوں میں لکھیے۔

Exercise C:

To speak the truth, to obey the elders, to acquire knowledge, to love human beings etc, are some of the teachings of every religion. Make groups of four students each in the class and collect the good teachings of every religion. Now find out the teachings common to all religions and make a poster.

مشق ج:

سچ بولنا، بڑوں کا حکم ماننا، علم حاصل کرنا، انسانوں سے محبت کرنا وغیرہ ایسی باتیں ہیں جو ہر مذہب نے سکھائی ہیں۔ چار چار کے گروپ بنا کر آپس میں مختلف مذاہب کی اچھی اچھی باتیں پوچھ کر ایک کاغذ پر لکھتے جائیں۔ پھر ان میں سے مشترک تعلیمات کا پوسٹر بنایئے۔

Vocabulary ذخیرۂ الفاظ

Surroundings	*Maahol*	مَاحَوْل
Guest Room	*Mahmaan Khaanah*	مَہمَانْ خَانَہْ
Tent	*Shaamiyaanah*	شَامِیَانَہْ
The wall of a tent	*Qanaat*	قَنَاتْ
Scholar	*Aalim*	عَالِمْ
To make graze	*Charaanaa*	چَرَانَا
Quarrel	*Laraa-ee*	لَڑَائِی
Business, Trade	*Tijaarat*	تِجَارَتْ
Wisdom	*Hikmat*	حِکْمَتْ
To learn	*Seekhnaa*	سِیکْھنَا
Revelation	*Wahee*	وَحِی
Departure	*Rukhsat*	رُخْصَتْ
True	*Saadiq*	صَادِقْ
Trustworthly	*Ameen*	اَمِین
Race, Breed	*Nasl*	نَسْل

الفاظ کا کھیل

Word Game

The names of some of the human qualities foods are given below. In the following puzzle these words appear up, down, sideways, diagonally or backward (but always in a straight line). Find them and circle the letters as shown.

ا	ہ	م	ح	ص	ز	د	ی
ل	م	ہ	ظ	د	ی	م	ا
م	د	ا	خ	ا	ل	ف	ت
ص	ر	ت	ن	ق	ح	ن	و
ط	د	ت	ق	ت	غ	ل	ا
ع	ی	ن	ج	ف	ن	و	خ
ف	ا	ل	د	ر	ش	ح	س
ق	ر	ب	ا	ن	ی	ہ	م

اہم انسانی خوبیاں اوپر دیئے گئے حروف میں چھپا دی گئی ہیں۔ آپ ان خوبیوں کو تلاش کرنے کے لیے حروف کو دائیں سے بائیں، بائیں سے دائیں، اوپر سے نیچے، نیچے سے اوپر، سیدھے یا ترچھے، ملائیں۔ نمونے کے طور پر "دیانت" پر نشان لگا دیا گیا ہے۔ اسی طرح مندرجہ ذیل خوبیاں تلاش کیجیے۔

1-امانت
2-سخاوت
3-قربانی
4-لحاظ
5-الفت
6-شفقت
7-ہمدردی
8-محنت
9-صداقت

کراچی میں کلفٹن کی تفریح گاہ

Lesson No. 6 | **سبق نمبر 6**

سیر و سیاحت

Sair-o-Siyaahat

Travel & Tourism

سیر و تفریح کا شوق انسان کو ہمیشہ سے رہا ہے۔ دنیا میں تمدن کی ترقی کے ساتھ سیاحت کے شوق میں بھی اضافہ ہوا۔ بیسویں صدی میں جدید ٹرانسپورٹ کی ایجاد کی وجہ سے سفر کرنا آسان ہو گیا۔ اس میں وقت بھی کم خرچ ہوتا ہے۔ اب لوگ بس، کار، ریل گاڑی، ہوائی جہاز یا پانی کے جہاز سے سفر کر کے سیر و سیاحت کا شوق پورا کرتے ہیں۔

آج سے سو سال پہلے برطانیہ سے بحری جہاز کے ذریعے آسٹریلیا تک جانے میں ایک ماہ لگتا تھا۔ اب ہوائی جہاز سے یہ سفر ایک دن میں ہو جاتا ہے۔ بڑے شہروں میں جگہ جگہ ٹریول ایجنسیاں کھل گئی ہیں۔ یہ ایجنسیاں لوگوں کے لیے تفریحی پروگرام بناتی ہیں۔ اکثر لوگ ان کی مدد سے چھٹیوں میں یورپ، امریکا، افریقہ اور ایشیائی ممالک کی سیر کو جاتے ہیں۔ یہ ایجنسیاں مختلف ملکوں میں گھمانے پھرانے کے لیے مقامی گائیڈ کا انتظام بھی کرتی ہیں۔ یہ گائیڈ سیاحوں کو اہم تاریخی اور تفریحی مقامات کی سیر کے دوران خاص خاص باتیں بتاتے اور ان کی خاطر مدارات کرتے ہیں۔

پچھلے دنوں ماجد کا دوست راحیل پاکستان اور ہندوستان کی سیر کر کے لندن واپس آیا تو ماجد سے اس کی گفتگو ہوئی۔ آپ بھی سنیے۔

ماجد: سنا ہے آپ کو سیر و سیاحت کا بہت شوق ہے؟

راحیل: جی ہاں، بہت زیادہ۔

ماجد: آپ نے کون کون سے ملک دیکھے ہیں؟

راحیل: پچھلے سال ہم لوگ امریکا گئے تھے۔ اس سے پہلے جرمنی، ہالینڈ اور سعودی عرب بھی گئے تھے۔

ماجد: آپ کو کون سا ملک سب سے زیادہ پسند آیا؟

راحیل: یوں تو سارے ہی ملک اچھے ہیں لیکن حال ہی میں جو مزہ پاکستان اور ہندوستان میں آیا، کہیں اور نہیں آیا۔ لوگ اس محبت سے پیش آئے کہ میں الفاظ میں بیان نہیں کر سکتا۔

ماجد: آپ نے سفر کا آغاز کس شہر سے کیا؟

راحیل: سب سے پہلے میں کراچی گیا۔ اتنا بڑا، اتنا آباد شہر ہے۔ ہر طرف لوگوں کا ہجوم نظر آتا تھا۔ وہاں میں نے چڑیا گھر اور کلفٹن کی سیر کی، ہاکس بے کا نظارہ کیا اور مزار قائداعظم بھی دیکھا۔

ماجد: کراچی سے آپ کہاں گئے؟

راحیل: کراچی سے یہ پروگرام بنا کر ٹرین میں سوار ہوا کہ ایک ہفتے لاہور میں رہوں گا، تین دن اسلام آباد میں قیام کروں گا۔ پھر واپسی میں لاہور ہوتا ہوا دہلی جاؤں گا۔

ماجد: لاہور میں آپ نے کس کس جگہ کی سیر کی؟

راحیل: لاہور پاکستان کا تاریخی شہر اور مغربی پنجاب کا دارالحکومت ہے۔ وہاں مینارِ پاکستان، بادشاہی مسجد، شاہی قلعہ، علّامہ اقبال کا مزار، شالیمار باغ اور نورجہاں کا مقبرہ بھی دیکھا۔

ماجد: آپ کو اسلام آباد کیسا لگا؟

راحیل: بہت اچھا لگا، پاکستان کا یہ دارالحکومت انتہائی خوبصورت اور صاف ستھرا ہے۔ پارلیمنٹ ہاؤس، سپریم کورٹ اور شاہ فیصل مسجد قابلِ دید مقامات ہیں۔

ماجد: اسلام آباد کے بعد؟

راحیل: اسلام آباد سے میں واپس لاہور پہنچا۔ پھر بذریعہ ٹرین امرتسر گیا۔ یہاں سکھوں کا متبرک گردوارہ گولڈن ٹیمپل دیکھا، وہاں سے بذریعہ فرنٹیئر میل دہلی پہنچا۔

ماجد: دہلی میں کہاں ٹھہرے اور کہاں کہاں کی سیر کی؟

راحیل: دہلی صدیوں سے ہندوستان کا دارالحکومت ہے۔ میں نے نئی دہلی کے مشہور ہوٹل اشوکا میں قیام کیا۔ دوسرے دن ناشتے کے بعد سیر کے لیے دہلی کے پرانے اور تاریخی علاقوں کی جانب نکل پڑا۔ سب سے پہلے قطب مینار کا رخ کیا۔ وہاں سے جامع مسجد پہنچا۔ دوپہر کا کھانا جامع مسجد کے قریب ہی ایک ریسٹورینٹ میں کھایا۔ تھوڑا وقت لال قلعہ میں گزار کر سورج غروب ہونے سے پہلے واپس ہوٹل آ گیا۔ بہت تھک چکا تھا اس لیے کھانا کھا کر سو گیا۔

ماجد: نئی دہلی کا بھی تو کچھ حال سنایئے۔

راحیل: نئی دہلی میں پارلیمنٹ کی عمارت دیکھی، پریذیڈنٹ ہاؤس دیکھا۔ انگریزوں کے دور حکومت میں وائسرائے یہیں رہا کرتا تھا۔ انڈیا گیٹ بھی دیکھا۔ یہ سب عمارتیں انگریزوں کی بنوائی ہوئی ہیں۔

ماجد: دہلی سے تاج محل دیکھنے آگرہ ضرور گئے ہوں گے؟

راحیل: نہیں، میں دہلی سے سیدھا آگرہ نہیں گیا بلکہ صبح سویرے دہلی سے ٹرین پکڑی اور علی گڑھ پہنچا۔ ایک دن علی گڑھ مسلم یونیورسٹی دیکھنے میں گزارا۔ علی گڑھ سے میں نے سوچا کہ کیوں نہ آگرہ بس سے چلا جائے۔ بس پکڑی اور دو گھنٹے میں آگرہ پہنچ گیا۔ ایک ہوٹل میں قیام کیا۔ صبح سویرے ٹیکسی سے فتح پور سیکری دیکھنے گیا۔ وہاں حضرت سلیم چشتی ؒ کے مزار کی زیارت کی۔ چند گھنٹے گزارنے کے بعد تاج محل کا رخ کیا۔ یہ دنیا کے عجائبات میں سے ایک عجوبہ ہے۔ یہ عمارت دریائے جمنا کے کنارے واقع ہے۔ اس میں شاہجہاں بادشاہ اور اس کی بیگم ممتاز محل دفن ہیں۔

ماجد: آئندہ چھٹیوں میں کہاں کا پروگرام ہے؟

راحیل: چین اور جاپان کی سیر کا ارادہ ہے۔

ماجد: ہوسکا تو میں بھی آپ کے ساتھ چلوں گا۔

راحیل: پھر تو بڑا مزہ آئے گا۔

AT3 L4/5

Exercise A: مشق الف:

Answer the following questions: مندرجہ ذیل سوالوں کے جواب دیجیے:

1. Give the names of the countries which Raheel has visited? 1- راحیل نے جن ملکوں کی سیر کی ہے ان کے نام بتائیے۔
2. Which countries did Raheel like most? 2- راحیل کو کون سے ملک پسند آئے؟
3. What are the reasons for this? 3- اس کی پسند کی کیا وجوہات ہیں؟
4. What places did Raheel visit in India? 4- راحیل نے بھارت میں کون کون سی جگہیں دیکھیں؟
5. How did Raheel find Karachi? What places did he visit there? 5- کراچی راحیل کو کیسا لگا؟ اس نے وہاں کیا کیا دیکھا؟
6. What did Raheel see in Lahore? 6- لاہور میں راحیل نے کیا کیا دیکھا؟
7. Write at least five sentences about any historical place. 7- کسی تاریخی عمارت کے بارے میں کم از کم پانچ جملے لکھیے۔

AT4 L3/4

Exercise B: مشق ب:

You have to go from Aligarh to Agra by bus. You are at the bus stop and inquiring about your journey. Ask your friend to play the role of a local citizen and have a dialogue with him. Now write the dialogue.

آپ کو علی گڑھ سے بس کے ذریعے آگرہ جانا ہے۔ بس اسٹاپ پر آگرہ جانے کے بارے میں معلومات کیجیے۔ اپنے کسی دوست کو مقامی آدمی کا رول دے کر گفتگو کیجیے اور اسے لکھیے۔

Exercise C:

Fill in the chart with common and different foods and dresses of India and Pakistan.

مشق ج:

پاکستانی اور ہندوستانی باشندوں کے مشترک اور مختلف کھانوں اور لباس کے بارے میں مندرجہ ذیل چارٹ مکمل کیجیے۔

ملک	مشترکہ کھانے	مختلف کھانے	مشترکہ لباس	مختلف لباس
پاکستان	1-	1- گوشت	1-	1-
	2-	2-	2-	2-
	3-	3-	3-	3-
	4-	4-	4-	4-
ہندوستان	1-	1-	1-	1-
	2-	2-	2-	2-
	3-	3-	3-	3-
	4-	4-	4-	4- دھوتی

Exercise D:

If you have to travel from England to America, what are the things that you need to take with you and why?

مشق د:

اگر آپ کو انگلینڈ سے امریکا جانا ہو تو سفر کے لیے کیا کیا ضروری چیزیں لے جائیں گے اور کیوں ؟

Exercise E:

Make a list of the places visited by Raheel in New and Old Delhi.

مشق ہ:

راحیل نے نئی اور پرانی دہلی کے جو علاقے اور مشہور مقامات دیکھے ان کی ایک فہرست بنائیے۔

Exercise F:

You have recently visited Agrah. Describe your visit in ten sentences.

مشق و:

فرض کیجیے کہ آپ حال ہی میں آگرہ کی سیر سے واپس آئے ہیں۔ دس جملوں میں اپنے دورے کا حال لکھیے۔

Exercise G:

مشق ز:

You are at the camp site in Quetta and talking with the booking clerk. (Your teacher will play the role of booking clerk)

فرض کیجیے کہ آپ کوئٹہ کے کیمپ سائٹ پر ہیں اور وہاں کے کلرک سے بات چیت کر رہے ہیں (استاد کلرک کا رول ادا کرے گا)

1. Tell him that you want to stay for two days.
2. Tell him you have got your own tent.
3. Ask him where the wash rooms are? Write down this conversation in Urdu in your exercise book.

1- کہیے کہ آپ دو دن یہاں ٹھہرنا چاہتے ہیں۔

2- بتائیے کہ آپ کے پاس اپنا خیمہ ہے۔

3- پوچھیے کہ نہانے دھونے کا انتظام کہاں ہے۔

اپنی گفتگو کو اردو میں لکھیے۔

Exercise H:

مشق ح:

Pictures of some world famous spots are given below. Write down at least three sentences in Urdu about each picture, which is familiar to you.

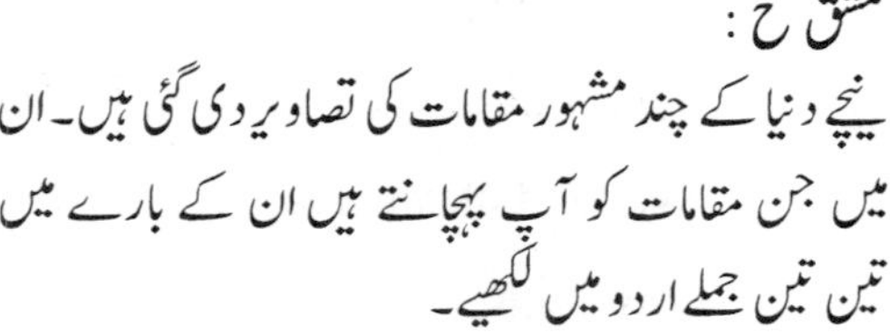

نیچے دنیا کے چند مشہور مقامات کی تصاویر دی گئی ہیں۔ ان میں جن مقامات کو آپ پہچانتے ہیں ان کے بارے میں تین تین جملے اردو میں لکھیے۔

Vocabulary ذخیرۂ الفاظ

Beginning	*Aaghaaz*	آغاز
Arrangement	*Intizaam*	اِنْتِظَام
By bus	*Bazaryah bas*	بَذَرْیَعہ بَس
Ship	*Bahree jahaaz*	بَحْرِی جَہَاز
To take around	*Ghumaanay phiraanay*	گھُمَانے پھِرَانے
Entertainment, Amusement	*Tafreeh*	تَفْرِیح
Regard, Respect, Favour	*Khaatir*	خَاطِر
Midday, Noon	*Doapahar*	دُوپَہر
During, Duration	*Dauraan*	دَوْرَان
Bury, Laid to rest	*Dafn*	دَفْن
Neat and clean	*Saaf suthraa*	صَاف سُتھرَا
Face, Side	*Rukh*	رُخ
Journey, Tour, Travel	*Safar*	سَفَر
Wonder	*Ajoobah*	عَجُوبَہ
Setting (of the sun, moon etc)	*Ghuroob*	غُرُوب
In leisure	*Faarigh*	فَارِغ
Lodge, Rest, Reside	*Qiyaam*	قِیَام
Taste, Pleasure, Enjoyment	*Mazah*	مَزَہ
Servant, Attendant	*Mulaazim*	مُلَازِم
Hospitality	*Mudaaraat*	مُدَارَات

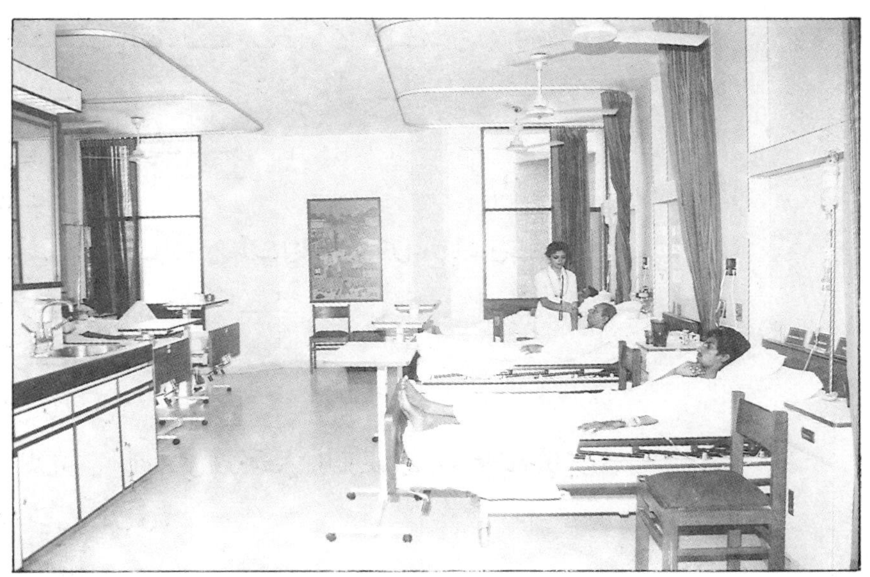

Lesson No. 7 — سبق نمبر 7

تیمار داری

Teemaar̄daaree

Nursing

کوئی بیمار پڑ جائے تو اس کی دیکھ بھال عام طور سے گھر والے ہی کرتے ہیں، لیکن اگر کوئی زیادہ بیمار ہو جائے یا کسی حادثہ کی وجہ سے اس کو اسپتال میں داخل کرنا پڑے تو اس کی دیکھ بھال پیشہ ور نرسیں کرتی ہیں۔

نرسنگ کے موجودہ طریقے کی ابتدا اٹھارہ سو چوالیس (1844ء) میں فلورنس نائٹ انگیل نے کی تھی۔ انیس سو سولہ (1916ء) میں نرسوں کی باقاعدہ تربیت کے لیے نرسنگ اسکول قائم ہوئے۔ مریضوں کی دیکھ بھال کے لیے آج کل نرسوں کو تقریباً تین سال کی تربیت دی جاتی ہے۔ آیئے دیکھیں کہ ایک نرس کس طرح انجم کی خیریت معلوم کر رہی ہے۔

نرس: ہیلو انجم، السلام علیکم!

انجم: وعلیکم السلام۔

نرس: اب آپ کی طبیعت کیسی ہے؟

انجم: نمونیا ہے، آہستہ آہستہ ہی جائے گا۔

نرس: دوا تو پابندی سے لے رہی ہیں نا؟

انجم: ہاں، آج ذرا دیر سے لی تھی۔

نرس: دوا وقت پر لینی چاہیے۔ ارے آپ کو کھانسی بھی ہے۔
انجم: جی، کل تک تو نہیں تھی، آج ہی شروع ہوئی ہے۔
نرس: یہ بھی نمونیا کی وجہ سے ہے۔
انجم: ممکن ہے۔
نرس: اچھا آپ کا بخار چیک کرلوں۔ آپ اپنا خیال رکھیں، دوا پابندی سے لیتی رہیں۔
انجم: جی بہتر ہے۔ (کچھ دیر بعد) کتنا ہے؟
نرس: نارمل سے کچھ ہی زیادہ ہے۔
انجم: پھر میں کیا کروں؟
نرس: کچھ نہیں، بس آرام کریں اور وقت پر دوا لیتی رہیں۔ جلد ٹھیک ہو جائیں گی۔
انجم: آئندہ خیال رکھوں گی۔
نرس: اچھا، خدا حافظ۔
انجم: خدا حافظ، آپ کا شکریہ۔

AT3 L3/4

Exercise A:

مشق الف:

Answer the following questions:

مندرجہ ذیل سوالوں کے جواب دیجیے:

1. What is nursing?
2. What are the duties of a good nurse?
3. When was the nursing profession established?
4. When did the proper training of nursing start?
5. What disease is Anjum suffering from?

1- نرسنگ کسے کہتے ہیں؟
2- ایک اچھی نرس کے کیا فرائض ہیں؟
3- نرسنگ کے پیشے کی ابتدا کب ہوئی؟
4- نرسنگ کی باقاعدہ تربیت کب سے شروع ہوئی؟
5- انجم کو کیا مرض ہے؟

AT4 L4

Exercise B:

مشق ب:

If you have ever visited a hospital, tell your friend what departments you saw there. Write it in the form of a dialogue.

اگر آپ نے کوئی اسپتال دیکھا ہے تو اپنے دوست کو بتائیے کہ اس میں کون کون سے شعبے تھے۔ دونوں کی گفتگو مکالمے کی صورت میں لکھیے۔

Exercise C:

Someone injured in an accident has been brought to the hospital. You are a doctor. Your class mate Maria is a nurse. Another classmate Vijay plays the role of the injured persson. Play this drama of three characters and write it in your answer book.

مشق ج:

حادثے کا ایک زخمی اسپتال لایا گیا ہے۔ آپ ایک ڈاکٹر کی حیثیت سے ڈیوٹی پر ہیں۔ آپ کی ایک کلاس فیلو ماریا نرس ہے۔ دوسرا کلاس فیلو وجے زخمی کا کردار ادا کرے گا۔ تین کرداروں کا یہ ڈراما کیجیے اور اپنی کاپی میں لکھیے۔

Exercise D:

Form groups of two students each and discuss which of the following things are not found in a hospital.

مشق د:

دو دو طالب علموں کے گروپ بنا کر گفتگو کیجیے کہ درج ذیل چیزوں میں سے کون کون سی چیزیں اسپتال میں نہیں ہوتیں۔

میز۔ کرسی۔ بستہ۔ الماری۔ بستر۔ وین۔ ٹرین۔ فٹ بال۔ تھرما میٹر۔ کتاب۔
اسٹریچر۔ بینچ۔ پھول۔ ایکسرے۔ گھڑی۔ کیمرا۔ آئینہ۔ کشتی۔ درخت۔ کمپیوٹر

Vocabulary ذخیرۂ الفاظ

Sick, ill	*Beemaar*	بِیمَار
Patient	*Mareez*	مَرِیض
Properly	*Baaqaai'dah*	بَاقَاعِدَہ
Professional	*Payshah war*	پیشَہ وَر
Training	*Tarbiyat*	تَربِیَّت
Admit	*Daakhil*	دَاخِل
Well-being	*Khairiyat*	خَیرِیَّت
Care	*Daykh bhaal*	دیکھ بھَال
Method, Procedure	*Tareeqah*	طَرِیقَہ
Nature, Temperament	*Tabee-at*	طَبِیعَت
Cough	*Khaansee*	کھَانسِی
Rest	*Aaraam*	آرَام
Pneumonia	*Numooniyaa*	نَمُونِیا
Regularly	*Paabandee say*	پَابَندِی سے
Respectable lady	*Muhtaramah*	مُحتَرَمَہ

الفاظ کا کھیل

Word Game

خاکے میں دی گئی خالی جگہوں میں مناسب حروف لگا کر لفظ مکمل کریں۔ اس کے لیے نیچے دیے گئے جملوں سے مدد لیں۔ ان الفاظ کو نیچے دیے گئے، جملوں میں خالی جگہوں پر لکھیں۔

5	4 ن		ل	3		2	1 س
ش		7				ر	6
		11 م	10 ہ	9			8 ا
		13		و	12		
			ی		14		
19	18 ب			17 ٹ		16	15 ز
		21 ب				د	20
گ	24		ل	23			22 ر

اشارے

دائیں سے بائیں

1- دنیا کا ____ سے بڑا دریا، دریائے مس سس پپی ہے۔
3- ____ دان میں پھول سجا دو۔
4- انگوٹھی میں ____ لگے ہیں۔
6- چوٹ لگے تو ____ ہوتا ہی ہے۔
7- جادوگر نے ____ کے کھیل دکھائے۔
8- ____ کتاب کا نام کیا ہے؟
9- اس سے پوچھو ____ وہ کہاں جائے گا۔
11- شور ____ کرو۔
10- ____ موٹی بوندیں پڑنے لگی ہیں۔
14- پاکستان کا سب سے بڑا ____ دریائے سندھ ہے۔
15- ہوائی جہاز ____ سے نکل گیا۔
17- ____ ایک قسم کی دھات ہے۔
18- بازار ایک ____ رونق جگہ ہوتی ہے۔
20- غسل کرنے سے ____ تازہ دم ہو جاتا ہے۔
21- ماں باپ کا ____ کوئی نہیں ہو سکتا۔
22- کیوں ____ آج پھر دیر سے آئی؟
23- ہنستے ہنستے پیٹ میں ____ پڑ گئے۔
24- ____ کٹ جانے سے خون بہنے لگا۔

اوپر سے نیچے

1- کوئی انسان ____ زندہ نہیں رہ سکتا۔
2- ایک ____ میں 365 دن ہوتے ہیں۔
4- عرب میں اپنے نام کے ساتھ والد اور دادا کا ____ بھی لگایا جاتا ہے۔
5- سپاہی ____ لگا رہا ہے۔
9- ملک کی سب سے بڑی عدالت سپریم ____ کہلاتی ہے۔
10- ____ تیز رفتار ٹرک آ رہا ہے۔
12- الف پر ____ لگائیں تو آ بن جاتا ہے۔
13- پروٹین حاصل کرنے کے لیے دال ____ گوشت کھانا چاہیے۔
15- الفاظ پر زیر ____ اور پیش لگا دیجیے۔
16- ____ میں پانی زیادہ نہیں ہے۔
18- چودھویں کے چاند کو ____ کہتے ہیں۔
19- کالے اور سفید موزے ____ الگ کر دو۔

حل

دائیں سے بائیں

1- سب
3- گل
4- نگ
6- درد
7- تاش
8- اس
9- کہ
11- مت
12- موٹی
14- دریا
15- زن
17- ٹن
18- با
20- بدن
21- بدل
22- ری
23- بل
24- رگ

اوپر سے نیچے

1- سدا
2- برس
4- نام
5- گشت
9- کورٹ
10- ہٹس
12- مد
13- یا
15- زبر
16- ندی
18- بدر
19- الگ

Lesson No. 8 **سبق نمبر 8**

پولیس

Pulis

Police

پولیس ملک کے قانون کی حفاظت کرتی ہے اور قانون توڑنے والوں کو سزا دلواتی ہے۔ برطانیہ میں تقریباً ایک سو ستر سال پہلے حکومت نے رابرٹ پیل (Robert Peel) سے اس کام کے لیے پولیس فورس بنوائی تھی۔
لندن میں میٹروپولیٹن فورس کا آفس اسکاٹ لینڈ یارڈ ہے جس میں آج کل کوئی ایک لاکھ افراد کام کرتے ہیں۔
پہلی جنگ عظیم میں مردوں کی کمی ہو جانے کی وجہ سے عورتوں کو بھی پولیس میں بھرتی کیا جانے لگا تھا۔ برطانیہ میں پولیس کے سپاہی لوگوں کے دوست اور مددگار ہوتے ہیں۔

مندرجہ ذیل گفتگو سے آپ کو اندازہ ہو جائے گا کہ پولیس افسر کس طرح شہری کی مدد کرتے ہیں۔

پولیس افسر: ہیلو! فرمائیے کیا بات ہے؟

شہری: جناب، میری ڈائری کہیں گم ہو گئی ہے۔ اس میں میرا پاسپورٹ بھی تھا اور چیک بک بھی۔

پولیس افسر: آپ کہاں کہاں گئے تھے، اور کیا ڈائری آپ کے ہاتھ میں تھی؟

شہری: جی ہاں، تھی تو میرے ہاتھ ہی میں۔ میں صبح سویرے ایک دکان پر اخبار خریدنے گیا تھا۔ وہاں سے لائبریری گیا۔ لائبریری سے چند کتابیں لیں اور پھر ٹہلتا ہوا گھر واپس آگیا۔ یہاں آکر دیکھا تو ڈائری نہیں تھی۔

پولیس افسر: آپ نے لائبریری میں معلوم کیا، وہاں تو نہیں رہ گئی؟

شہری: جی ہاں، وہاں فون کیا تھا۔ کچھ پتا نہیں چل سکا۔

پولیس افسر: کہیں آپ اخبار والے کی دکان پر تو نہیں بھول آئے؟
شہری: معلوم نہیں، وہاں خاصی بھیڑ تھی؟
پولیس افسر: ڈائری میں آپ کا پتا تو لکھا ہوا ہوگا؟
شہری: جی ہاں، بالکل صاف لکھا ہوا ہے۔
پولیس افسر: اچھا آپ اپنا نام اور پتا لکھوائیں۔
شہری: جی، میرا نام کبیر احمد چوہدری ہے۔ یہ لیجیے، میرا کارڈ رکھ لیجیے اس پر میرا پتا اور فون نمبر بھی ہے۔
پولیس افسر: ٹھیک ہے۔ جوں ہی آپ کی چیزوں کا پتا چلے گا آپ کو بتا دیا جائے گا۔
شہری: آپ کی بڑی مہربانی، شکریہ۔

AT3 L3/4

Exercise A:

مشق الف:

Answer the following questions:

مندرجہ ذیل سوالوں کے جواب دیجیے:

1. What does the police do?
2. Who established the first police force in Britain?
3. Where the Metropolitan Force office is situated in London?
4. What is the strength of police force in London?
5. What was lost by the citizen?

1- پولیس کیا کرتی ہے؟
2- برطانیہ میں پولیس فورس سب سے پہلے کس نے بنائی؟
3- لندن میں میٹروپولیٹن فورس کا آفس کہاں ہے؟
4- لندن پولیس میں کتنے افراد کام کرتے ہیں؟
5- شہری کی کیا چیز کھو گئی تھی؟

AT4 L4

Exercise B:

مشق ب:

How would you lodge the report of your stolen bicycle?

پولیس آفس میں اپنی سائیکل چوری ہونے کی رپورٹ آپ کس طرح لکھوائیں گے؟

Exercise C:

مشق ج:

Which is more important for the safety of citizens, police force or military force? Have a discussion with your friend and write it down.

شہریوں کی حفاظت کے لیے پولیس فورس زیادہ ضروری ہے یا ملٹری فورس؟ اس موضوع پر اپنے دوست سے گفتگو کیجیے اور لکھیے۔

Exercise D: مشق د:

You have applied for a driving licence. Tell the traffic police what the following sings mean:

آپ ڈرائیونگ لائسنس حاصل کرنا چاہتے ہیں۔ ٹریفک پولیس کو بتائیے کہ مندرجہ ذیل اشاروں کا کیا مطلب ہے۔

Exercise E: مشق ہ:

What are the plurals of the following. Use them in sentences to differentiate their meanings.

مندرجہ ذیل الفاظ کے جمع بنائیے۔ پھر واحد اور جمع دونوں کو علیحدہ علیحدہ جملوں میں استعمال کیجیے تاکہ ان کا فرق واضح ہو سکے۔

قانون۔ دفتر۔ اخبار۔ کتاب۔ مکان

Vocabulary ذخیرۂ الفاظ

One hundred thousand	*Ayk Laakh*	اِیک لَاکھ
Recruitment	*Bhartee*	بھَرتی
Officer	*Afsar*	اَفسَر
Address	*Pataa*	پَتا
Citizen	*Shahree*	شَہری
World war	*Jang-e-Azeem*	جَنگِ عَظِیم
Crime	*Jurm*	جُرم
Government	*Hukoomat*	حُکُومَت
Punishment	*Sazaa*	سَزَا
Early in the morning	*Subh sawayray*	صُبح سَوِیرے
Woman	*Aurat*	عَورَت
Law	*Qaanoon*	قَانُون
Helper, Assistant	*Madadgaar*	مَدَدگَار
Protector, Guard	*Muhaafiz*	مُحَافِظ
Man	*Mard*	مَرد
Crowd	*Bheer*	بھِیڑ

Lesson No. 9 سبق نمبر9

اسکول

Isskool

School

برطانیہ میں سولہ سال کی عمر تک تعلیم مفت اور لازمی ہے۔ زیادہ تر بچے کمپری ہینسیو (Comprehensive) اسکولوں میں جاتے ہیں۔ ہر کمپری ہینسیو اسکول میں بچوں کی تعداد ایک ہزار سے بارہ سو تک ہوتی ہے۔ اسی لیے عمارت بھی بڑی ہوتی ہے۔ ان اسکولوں کے اخراجات حکومت برداشت کرتی ہے۔ ان کے علاوہ بھی اس ملک میں کئی قسم کے اسکول ہیں۔ مثلاً گرامر اسکول، پرائیویٹ اسکول وغیرہ۔ گرامر اسکول میں بچوں کو امتحان لے کر داخل کیا جاتا ہے لیکن ان سے کوئی فیس نہیں لی جاتی۔ پرائیویٹ اسکولوں میں بچوں کی فیس مقررہ وقت پر ادا کی جاتی ہے۔ گرامر اسکول کے مقابلے میں ان اسکولوں میں زیادہ سہولتیں ہوتی ہیں۔ چھوٹی کلاسیں، ہر بچے پر استاد کی انفرادی توجہ اور بچوں کا خودکار نظم و ضبط، پرائیویٹ اسکولوں کی خصوصیات ہیں۔ ان اسکولوں میں امتحانات کے نتائج اچھے ہوتے ہیں۔

امجد کا اسکول بہت بڑا ہے۔ اس میں ایک ہزار بچے پڑھتے ہیں۔ اسکول کی دو عمارتیں ہیں جو ایک دوسرے سے دو سو گز کے فاصلے پر ہیں۔ ایک عمارت چھوٹے بچوں کے لیے ہے۔ جس میں گیارہ سے چودہ سال تک کی عمر کے بچے پڑھتے ہیں۔ دوسرا حصہ اپر اسکول کہلاتا ہے۔ اس میں چودہ سال سے سولہ سال تک کی عمر کے بچے ہیں۔ امجد اپر اسکول کا طالب علم ہے۔

امجد روزانہ صبح نو بجے اسکول پہنچ جاتا ہے۔ لنچ کا وقفہ ساڑھے بارہ بجے سے ایک بجے تک ہوتا ہے۔ امجد لنچ کے وقفے میں اسکول کینٹین میں کھانا کھاتا ہے۔ پھر جو وقت بچتا ہے اس میں ٹیبل ٹینس کھیلتا ہے۔ اسکول کی چھٹی تین بج کر پینتیس منٹ پر ہو جاتی ہے۔ وہ انگریزی، حساب، سائنس، اردو، آرٹ، تاریخ، جغرافیہ اور آر۔ ای میں جی سی ایس ای کی تیاری کر رہا ہے۔ مئی میں اس کا امتحان ہوگا۔ اسکول کے بعد بھی امجد زیادہ تر وقت جی سی ایس ای کی تیاری میں صرف کرتا ہے تاکہ اچھے گریڈ حاصل کر سکے۔ فاضل وقت میں وہ کھیلتا ہے۔ گرمیوں میں اپنے مقامی کلب اور اسکول کے لیے کرکٹ اور سردیوں میں اپنے دوستوں کے ساتھ قریبی پارک میں فٹ بال کھیلتا ہے۔

AT3 L4

Exercise A:

مشق الف:

Answer the following questions:

مندرجہ ذیل سوالوں کے جواب دیجیے۔

1. Up to what age is the education free and compulsory in Britain?
2. What is the type of school that Amjad goes to?
3. What does Amjad do after school?
4. What are the games that Amjad plays? When does he paly and where?
5. What are the subjects that Amjad studies? Write down in Urdu alphabetical order.

1- برطانیہ میں کس عمر تک تعلیم مفت اور لازمی ہے؟

2- امجد کس طرح کے اسکول میں پڑھتا ہے؟

3- امجد اسکول کے بعد کیا کرتا ہے؟

4- امجد کون کون سے کھیل کھیلتا ہے؟ وہ کب اور کہاں کھیلتا ہے؟

5- امجد کون کون سے مضامین پڑھتا ہے؟ حروف تہجی کی ترتیب سے لکھیے؟

AT4 L4

Exercise B:

مشق ب:

You like to go ta a grammar school while your sister's choice is a private school. Write a dialogue, giving the reasons for your choice.

آپ کو گرامر اسکول پسند ہے اور آپ کی بہن کو پرائیویٹ اسکول اچھا لگتا ہے۔ دونوں کی گفتگو لکھیے اور اپنی پسند کے اسباب بیان کیجیے۔

AT4 L3/4

Exercise C:

مشق د:

Write at least five sentences about your favourite subject.

اپنی پسند کے کسی ایک مضمون کے بارے میں کم از کم پانچ جملے لکھیے۔

Exercise D:

مشق ج:

In addition to English, what other languages are taught in British schools? Write down in English the names of these languages and the countries they belong to. Then, with the help of your Urdu teacher, write them in Urdu also.

برطانیہ کے اسکولوں میں انگریزی کے علاوہ جو دوسری زبانیں پڑھائی جاتی ہیں ان زبانوں اور ان کے ملکوں کے نام انگریزی میں لکھیے۔ پھر اردو کے استاد کی مدد سے ان ناموں کو اردو میں بھی لکھیے۔

AT2 L3/4

Exercise E:

مشق ہ:

Discuss with your teacher what facilities are lacking in your class and school. For example

آپ کی کلاس اور اسکول میں جن سہولتوں کی کمی ہے ان کے بارے میں اپنے ٹیچر سے گفتگو کیجیے۔ مثلاً :

Your classroom lacks illumination.

کہیے کہ آپ کی کلاس میں روشنی کم آتی ہے۔

The pupils sitting in the back cannot see what's written on the writing board.

کہیے کہ پیچھے بیٹھنے والے طلبہ کو رائٹنگ بورڈ پر لکھا ہوا نظر نہیں آتا۔

The school ground is not large enough to play circket.

کہیے کہ اسکول کا میدان کرکٹ کھیلنے کے لیے بہت چھوٹا ہے۔

The school library has few or no Urdu newspapers and magazines.

کہیے کہ اسکول لائبریری میں اردو کے اخبارات اور رسالے کم / بالکل نہیں آتے ہیں۔

Dirnks of good quality are not available in the canteen.

کہیے کہ کینٹین میں اعلیٰ معیار کے مشروب نہیں ملتے۔

AT4 L4

Exercise F:

مشق و:

Write ten sentences about your club. (Sports, Health, Social).

آپ جس کلب کے ممبر ہیں، اس کے بارے میں دس جملے لکھیے۔

Exercise G: **مشق ح:**

Some signs are given below. Write down in Urdu what are they for?

نیچے چند نشانات دیے گئے ہیں۔ ہر ایک کے نیچے اردو میں لکھیے کہ وہ کس چیز کو ظاہر کرتا ہے۔

....................5 ....4 ....3 ....2 1

Vocabulary ذخیرۂ الفاظ

Expenses	*Ikhraajaat*	اِخْرَاجات
To endure, To bear	*Bardaasht karnaa*	بَرْدَاشت کَرْنَا
Distance	*Faaslah*	فَاصْلَہُ
Number, Quantity	*Tadaad*	تَعْدَادْ
Individual	*Infiraadee*	اِنْفِرَادِی
Attention	*Tawajjuh*	تَوَجُّہْ
Free	*Muft*	مُفْت
Results	*Nataa-ij*	نَتَائِج

ہدف

Target

خاکے میں دیے گئے حروف کو آپس میں ملا کر آپ زیادہ سے زیادہ کتنے الفاظ بنا سکتے ہیں؟ تین حروف سے کم کا لفظ بنانے کی اجازت نہیں ہے۔ ہر لفظ میں درمیانی حرف (الف) شامل ہونا لازمی ہے۔ ایک لفظ ایسا بنائیے جس میں یہ پانچوں حروف استعمال ہوں۔ ''الف'' کو مد لگا کر ''آ'' بھی لکھ سکتے ہیں۔ مشکل الفاظ کے معنی بریکٹ میں دیے گئے ہیں۔

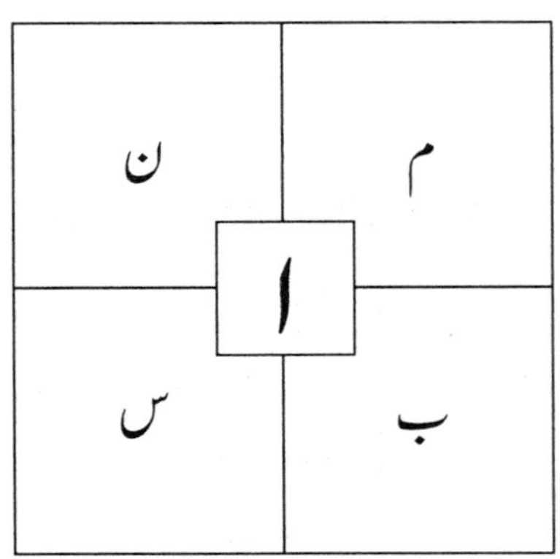

حل

1- آسن (بیٹھنے کی جگہ)
2-اُنس (محبت۔پیار)
3-ابن (بیٹا)
4-اَسب (گھوڑا،اسپ)
5-اسم (نام)
6-باس (بو،بدبو)
7-بام (چھت کے اوپر کا حصہ، بالائی منزل)
8-بان (رسی جس سے چارپائی بنتے ہیں)
9-سام (آگ کا کیڑا)
10-سان (دھار رکھنے کا پتھر،اشارہ، سراغ)
11-ماس (گوشت)
12-مان (غرور، عزت)
13-نام
14-ناس (تباہ، برباد)
15-مناسب (موزوں)

Lesson No. 10 سبق نمبر 10

ریستوران میں کھانا

Restoaraan main Khaanaa

Eating out

زندہ رہنے کے لیے ہوا کی طرح کھانا اور پانی بھی ضروری ہے۔ کھانا جسم میں گرمی اور طاقت پیدا کرتا ہے۔ یوں تو پیٹ بھرنے کے لیے کوئی سا اور کیسا ہی کھانا کھایا جاسکتا ہے، لیکن کھانا اگر مزے دار اور صحت کے لیے مفید ہو تو اس کا لطف اور بھی زیادہ ہو جاتا ہے۔ کھانا پکانا ایک ہنر ہے اور اسے میز پر سجانا ایک سلیقہ۔ پینے کے لیے صاف پانی سب سے بہتر ہے۔ لیکن مزے کی خاطر پانی سے چائے، کافی اور مختلف قسم کے شربت بنا کر پیے جاتے ہیں۔ آج کل اکثر لوگ کبھی کبھی کیفے یا ریستوران میں کھانا پسند کرتے ہیں۔ پہلے سے اطلاع کیے بغیر کوئی مہمان آجائے تو اس کی خاطر تواضع ریستوران میں کی جاتی ہے۔

میں انور ہوں۔ آج میرے والد صاحب کی سالگرہ ہے۔ خاندان کے سب لوگوں کا کسی ریستوران میں جا کر کھانا کھانے کا پروگرام ہے۔ میں چینی کھانے پسند کرتا ہوں، جب کہ میری چھوٹی بہن سائرہ چاہتی ہے کہ چچا شاہد کے ریستوران میں پاکستانی کھانا کھایا جائے۔ ہم لوگوں نے اس سے پہلے کبھی اطالوی ریستوران میں کھانا نہیں کھایا۔ اس لیے طے پایا کہ آج اسی ریستوران میں جا کر والد صاحب کی سالگرہ منائی جائے اور کھانا بھی وہیں کھایا جائے۔ میرے والد صاحب نے فوراً اطالوی ریستوران کو فون کیا اور میز بک کرائی۔

طعام نامہ / مینو

شام کو ہم لوگ ریستوران پہنچے تو ویٹر نے سب کو خوش آمدید کہا اور میز تک ہماری راہ نمائی کی۔ ہمارے گھر

والوں نے پہلے کبھی اطالوی کھانا نہیں کھایا تھا۔ اس لیے مینو پڑھ کر ان کی سمجھ میں نہیں آیا کہ کھانے کے لیے کیا منگایا جائے۔ آخر کار ویٹر کو بلا کر اس سے مشورہ کیا۔ والد صاحب کھانے کی قیمت دیکھ کر تھوڑے فکر مند ہوئے۔ کھانا واقعی بڑا مزے دار تھا۔ سب کو پسند آیا۔

AT3 L3/4

Exercise A:

Answer the following questions:

مشق الف:

مندرجہ ذیل سوالوں کے جواب دیجیے:

1. Whose father's birthday falls today?
2. What kind of food does Anwer like?
3. Where does Sairah want to eat?
4. Where did all members of the family took their dinner?
5. How did the waiter welcome them at the Italian Restaurant?

1- آج کس کے والد کی سالگرہ ہے؟

2- انور کون سے کھانے پسند کرتا ہے؟

3- سائرہ کس جگہ کھانا چاہتی ہے؟

4- خاندان کے تمام افراد نے کس ریستوران میں کھانا کھایا؟

5- اطالوی ریستوران میں ویٹر نے ان کا کس طرح استقبال کیا؟

AT4 L3/4

Exercise B:

Make a list of the drinks of your choice.

مشق ب:

اپنی پسند کے مشروبات کی ایک فہرست بنائیے۔

Exercise C:

You like English foods, Vikram likes Chinese and Sara likes Pakistani dishes. Write a dialogue between all the three.

مشق ج:

آپ کو انگریزی کھانے پسند ہیں، وکرم کو چینی اور سارا کو پاکستانی، تینوں کی گفتگو لکھیے؟

Exercise D:

Write five sentences about the snacks you take in the afternoon.

مشق د:

شام کے ناشتے میں آپ کیا اسنیکس لیتے ہیں، پانچ جملے لکھیے۔

Exercise E: مشق ہ:

Preparing an Omelette is very easy. Write about its ingredients and preparation.

آملیٹ بنانا بہت آسان ہے۔ اس کے اجزا اور بنانے کا طریقہ لکھیے۔

Exercise F: مشق و:

Complete the following chart with the menu of your choice.

تین وقت کے کھانے میں آپ کیا پسند کریں گے؟ اپنی پسند کے مطابق نیچے دیا گیا چارٹ مکمل کیجیے۔

رات کا کھانا Dinner	دوپہر کا کھانا Lunch	ناشتہ Breakfast	نمبر
			1
			2
			3
			4
			5

Vocabulary ذخیرۂ الفاظ

Chinese	*Cheenee*	چِینِی
Welcome	*Khush-aamdeed*	خُوش آمدِید
Lead, Guide	*Raah numaa-ee*	رَاہ نُمَائِی
Opinion	*Raa-ay*	رَائِے
Price	*Qeemat*	قِیمَت
Dear, Expensive	*Mahangaa*	مَہَنگَا
Really, In fact	*Waaqa-ee*	وَاقِعِی
Tasty, Delicious	*Mazaydaar*	مَزِے دَار
Power, Energy	*Taaqat*	طَاقَت
Italian	*Ataalvee*	اَطَالوِی
Worried, Anxious	*Fikrmand*	فِکر مَند

الفاظ کا کھیل

Word Game

The names of some of the religious books are given below. In the following puzzle these names appear up, down, sideways, diagonally or backward (but always in a straight line). Find them and circle the letters as shown.

ت	ا	ب	ن	م	ا	ج	ہ	ن	غ
غ	ر	غ	ز	ث	ق	ب	س	ش	ص
ز	ج	م	س	ل	م	ا	ل	ا	ا
ص	ب	م	ذ	ع	ء	ت	ق	ث	ب
ق	د	و	ف	ی	ن	ر	ہ	ی	و
م	ض	ن	ر	ا	ا	ث	ج	ر	د
ن	ظ	ا	ب	ن	د	ا	ء	و	ا
و	خ	ہ	پ	ج	و	ب	خ	ت	ء
ب	ع	ا	ق	ی	ہ	ن	د	ط	و
ہ	ک	ر	ت	ل	ی	م	ر	ع	د

مشہور آسمانی کتابیں اور حدیث کی مستند کتابیں اوپر دیئے گئے حروف میں چھپا دی گئی ہیں۔ آپ ان کتابوں کو تلاش کرنے کے لیے ان حروف کو دائیں سے بائیں، بائیں سے دائیں، اوپر سے نیچے، نیچے سے اوپر، سیدھے یا ترچھے ملائیں۔ نمونے کے طور پر ”قرآن پاک“ پر نشان لگا دیا گیا ہے۔ اسی طرح مندرجہ ذیل کتابوں کو تلاش کیجیے۔

1- توریت
2- زبور
3- انجیل
4- بخاری
5- مسلم
6- ترمذی
7- ابو داؤد
8- نسائی
9- ابن ماجہ

قائداعظم طلبہ کے ایک گروپ سے باتیں کررہے ہیں۔

Lesson No. 11 سبق نمبر 11

محمد علی جناح

Muhammad Alee Jinaah

Muhammad Ali Jinnah

وکٹر: امجد، تم پاکستانی ہو یا ہندوستانی؟

امجد: میرا تعلق پاکستان سے ہے۔

وکٹر: سنا ہے پاکستان ایک نیا ملک ہے۔

امجد: تم نے صحیح سنا ہے۔ پاکستان 1947ء میں قائم ہوا تھا۔

وکٹر: اچھا؟ تمہارے ملک کے بانی کون تھے۔

امجد: ان کا نام محمد علی جناح تھا۔ ہم انہیں قائداعظم کہتے ہیں۔

وکٹر: وہ کیوں؟

امجد: قائداعظم کے معنی ہیں سب سے بڑے رہنما۔ پاکستان ان کی رہنمائی میں بنا اس لیے وہ ہمارے ملک کے سب سے بڑے قائد ہیں۔

وکٹر: محمد علی جناح کون تھے، کہاں پیدا ہوئے، کہاں تعلیم حاصل کی؟ ذرا تفصیل سے بتاؤ۔

امجد: قائداعظم محمد علی جناح 25 دسمبر 1876ء کو کراچی میں پیدا ہوئے۔ انہوں نے ابتدائی تعلیم کراچی میں حاصل کی پھر وہ اعلیٰ تعلیم کے لیے انگلینڈ آئے۔ یہاں سے بیرسٹر کی ڈگری لے کر ممبئی چلے گئے اور وہاں وکالت شروع کردی۔

وکٹر: پھر انہوں نے پاکستان کیسے قائم کیا؟

امجد: وہ دراصل ایک بہت اچھے وکیل تھے۔ جس زمانے میں انگریز ہندوستان سے اپنی حکومت ختم کر کے واپس آ رہے تھے تو محمد علی جناح نے دو قومی نظریہ پیش کر کے ثابت کیا کہ مسلمان اپنے عقیدے، رسم و رواج اور تہذیب و ثقافت کے لحاظ سے ہندوؤں سے قطعی مختلف ایک علیحدہ قوم ہیں۔ انگریزوں کے ہندوستان سے جانے کے بعد دونوں قومیں مل کر امن و سکون سے ہرگز نہیں رہ سکتیں اس لیے مسلمانوں کے لیے ایک الگ وطن پاکستان دیا جائے۔

وکٹر: انگریزوں نے مسلمانوں کا یہ مطالبہ مان لیا؟

کراچی میں قائداعظم محمد علی جناح کا مزار

امجد: ہندوؤں نے اس کی بڑی مخالفت کی۔ انگریزوں کی سمجھ میں بھی یہ بات بڑی مشکل سے آئی۔ آخر کار دونوں کو مسلمانوں کا یہ مطالبہ ماننا پڑا۔ اس طرح ہندوستان دو حصوں میں تقسیم ہوا اور 14 اگست 1947ء کو دنیا کے نقشے پر ایک نیا ملک پاکستان ابھرا۔

وکٹر: کیا اس کے بعد قائداعظم محمد علی جناح پاکستان کے صدر بن گئے۔

امجد: نہیں، وہ پاکستان کے پہلے گورنر جنرل بنے۔

وکٹر: کیا وہ اب بھی پاکستان میں رہتے ہیں۔

امجد: نہیں بھئی، ان کا تو 11 ستمبر 1948ء کو انتقال ہو گیا تھا۔

وکٹر: پھر وہ کہاں دفن ہوئے۔

امجد: وہ کراچی میں دفن ہوئے جہاں ان کا بہت خوبصورت اور عالیشان مزار تعمیر کیا گیا ہے۔

وکٹر: محمد علی جناح واقعی بڑے لیڈر تھے لیکن وہ انسان کیسے تھے؟

امجد: وہ بہت پڑھے لکھے، مہذب اور بااصول انسان تھے۔ اپنی قوم اور خاص طور پر طلبا سے انہیں بڑی محبت تھی۔

وکٹر: خاص طور پر طلبا سے کیوں؟

امجد: اس لیے کہ وہ طلبا کو قوم کا مستقبل سمجھتے تھے۔ تعلیم حاصل کرنا اور اس کے ذریعہ اچھا کردار پیدا کرنا قائداعظم کے نزدیک بہت بڑی نیکی تھی۔ طلبا نے پاکستان کے قیام میں اہم کردار ادا کیا تھا اس لیے بھی قائداعظم ان سے بہت محبت کرتے تھے۔

وکٹر: پھر تو میں بھی تمہارے قائداعظم کو خراج تحسین پیش کرتا ہوں۔

امجد: شکریہ، ہمیں ہر اچھے انسان کی عزت کرنی چاہیے۔

AT3 L4/5

Exercise A: | **مشق الف:**

Answer the following questions:

مندرجہ ذیل سوالوں کے جواب دیجیے:

1. What country Amjad belongs to?
2. When was Pakistan established and who was the founder of this country?
3. When and where was Muhammad Ali Jinnah born?
4. Where did he get his early and higher education?
5. How did Muhammad Ali Jinnah prove that the Indian Muslims were a separate nation from the Hindus?
6. Why did Muhammad Ali Jinnah love students?

1- امجد کا تعلق کس ملک سے ہے؟

2- پاکستان کب قائم ہوا اور اس ملک کا بانی کون تھا؟

3- محمد علی جناح کب اور کہاں پیدا ہوئے؟

4- انہوں نے ابتدائی اور اعلیٰ تعلیم کہاں سے حاصل کی؟

5- محمد علی جناح نے کیسے ثابت کیا کہ مسلمان ہندوؤں سے علیحدہ قوم ہیں؟

6- محمد علی جناح طلبا سے کیوں محبت کرتے تھے؟

AT4 L3

Exercise B: | **مشق ب:**

Complete the following chart by filling in the necessary information about different countries?

مختلف ملکوں کے بارے میں معلومات پر کر کے مندرجہ ذیل چارٹ مکمل کیجیے۔

قومی کھیل	دارالحکومت	جھنڈے کے رنگ	کرنسی	زبان	ملک
					بھارت
					پاکستان
					امریکا
					برطانیہ
					بنگلہ دیش

Exercise C:

Take a short passage from any Urdu book, magazine or newspaper. Make a group of four students and ask each student to read the article loudly. During this period the remaining three students should note down the words wrongly pronounced. Now see who has made the least mistakes. Take the decision from your Urdu teacher.

مشق ج:

اردو کی کوئی کتاب، رسالہ یا اخبار لے کر اس کی ایک مختصر عبارت چار طلبا باری باری ایک دوسرے کو پڑھ کر سنائیں۔ ہر طالب علم کے تلفظ کی غلطیاں باقی تین طالب علم اپنے پاس لکھ لیں۔ پھر دیکھیں کہ کس کی غلطیاں سب سے کم ہیں۔ فیصلہ اپنے اردو کے استاد سے کرائیں۔

AT4 L2

Exercise D:

Fill in the blanks with appropriate words.

مشق د:

مناسب الفاظ سے خالی جگہ پر کیجیے۔

1- ...... نے پاکستان بنایا اور اس کے پہلے ...... بنے۔
2- قائد اعظم نے ...... کی ڈگری ...... سے حاصل کی۔
3- انگریزوں نے مسلمانوں کا ...... مان لیا۔
4- محمد علی جناح کا ...... پاکستان کے شہر ...... میں ہے۔
5- وہ ...... سے بہت محبت کرتے تھے۔

Exercise E:

Write down the correct words in posssessive case.

مشق ہ:

حالت اضافی کے درست الفاظ لکھیے۔

1- علی میرا دوست ہے اور میں ...... کا دوست ہوں۔ (اس کا، آپ کا)
2- تم میرے چھوٹے بھائی ہو، میں ...... بڑا بھائی ہوں۔ (اس کا، تمہارا)
3- ہم اس کے پاسباں ہیں، وہ پاسباں ......۔ (اس کا، ہمارا)
4- میں اس کا استاد ہوں، وہ ...... شاگرد ہے۔ (تمہارا، میرا)
5- وہ ہمارا ساتھ دیں گے، ہم بھی ...... کا ساتھ دیں گے۔ (ان کا، آپ کا)

AT4 L3

Exercise F: مشق و:

Ask your teacher some questions about the history of England and write their answers in your exercise book.

اپنے استاد سے انگلستان کی تاریخ کے بارے میں کچھ سوالات کیجیے اور ان کے جوابات اپنی کاپی میں لکھیے۔

Vocabulary ذخیرۂ الفاظ

Belong to	*Ta'alluq*	تَعَلُّق
Founder	*Baanee*	بَانِی
Leader	*Qaa-id*	قَائِدْ
Great	*A'zam*	اَعْظَمْ
Leader	*Rahnumaa*	رَہْنُمَا
Early, Initial, Basic	*Ibtidaa-ee*	اِبْتِدَائِی
Higher, Advanced	*A'laa*	اَعْلیٰ
Lawyer, Advocate	*Wakeel*	وَکِیل
To prove	*Saabit karnaa*	ثَابِت کَرْنَا
Faith, Belief	*Aqeedah*	عَقِیْدَہ
Customs and traditions	*Rasm-o-Riwaaj*	رَسْم و رِوَاج
Civilization	*Tahzeeb*	تَہذِیب
Culture	*Saqaafat*	ثَقَافَت
Not at all	*Hargiz Naheen*	ہَرْگِزْ نَہِیں
Homeland	*Watan*	وَطَن
To oppose	*Mukhaalifat karnaa*	مُخَالِفَت کَرْنَا
Demand	*Mutaalibah*	مُطَالِبَہ
At last	*Aakhir kaar*	آخِرْ کَار
To accept	*Maan-naa*	مَانْنَا
Cultured	*Muhazzab*	مُہَذَّب
(Man) of principle	*Baa Usool*	بَااُصُول
Virtue	*Naykee*	نِیکِی

Lesson No. 12 **سبق نمبر12**

خریداری

Khareedaaree

Shopping

امی خریداری کر کے بازار سے واپس آئیں تو سب نے مل کر پہلے تو ان کا استقبال کیا۔ ان سے سامان لے کر بڑی میز پر رکھا اور پھر ایک ایک کر کے اپنی پسند کی چیزوں کے بارے میں پوچھا۔

ناصر: امی میرا ریکٹ لائیں؟

امی: یہ اتنا بڑا ریکٹ نظر نہیں آ رہا۔

سیما: اور میری گڑیا؟

امی: ارے بھئی سیما وہ تو میں بھول ہی گئی۔

سیما: جائیے امّی، میں آپ سے نہیں بولتی۔

امی: ناراض کیوں ہوتی ہو گڑیا، میں تمہیں بھول سکتی ہوں۔

سیما: پھر جلدی سے بتائیے کہاں ہے میری گڑیا۔

امی: وہ دیکھو نیلے پیکٹ میں میری گڑیا کے لیے پیاری سی گڑیا۔

سیما: (پیکٹ کھول کر) سچ امی، واقعی یہ تو بہت خوبصورت ہے۔

علی: امی کو سب کا خیال ہے، مجھے کوئی پوچھتا ہی نہیں۔

امی: کیوں نہیں بیٹے، یہ رہی تمہاری پنوں کی ڈبیا۔

علی: لیکن امی میں نے پیپر پن نہیں، ٹائی پن منگوائی تھی۔

امّی: اچھا میں سمجھی تم نے پیپر پن کے لیے کہا تھا، چلو فی الحال انہی سے کام چلالو۔
علی: امی آپ بھی کمال کرتی ہیں۔ میں یہ پن لگا کر اپنی ٹائی خراب کروں گا۔
ناصر: علی ٹھیک ہی تو کہہ رہا ہے امی۔
امی: ارے بھئی پیپر پن اور ٹائی پن کا فرق مجھے بھی معلوم ہے۔
سیما: تو پھر آپ بھائی کو کیوں تنگ کرتی ہیں۔
امّی: علی سب سے چھوٹا ہے اس لیے اسے چھیڑنے میں مزا آتا ہے۔
علی: اس کا مطلب ہے کہ آپ میری ٹائی پن ضرور لائی ہیں۔
امی: ہاں، ہاں۔ بڑی پیاری ٹائی پن ہے دیکھو گے تو خوش ہو جاؤ گے۔
علی: تو پھر دکھایئے نا۔
امی: یہ لو، پسند آئی؟
علی: واقعی، امی یہ تو بہت اچھی ہے۔ آپ کا بہت بہت شکریہ۔
ابا: بچو! ہم تو بوڑھے ہوگئے ہیں اس لیے ہماری کون پروا کرے۔
ناصر: اب اتنے بوڑھے بھی نہیں ہوگئے۔
سیما: تو کیا ابا اتنے بوڑھے ہو جائیں گے تو ہم ان کی پروا نہیں کریں گے۔
امی: ارے بھئی بحث کیوں کرتے ہو، میں جو ہوں ان کا خیال رکھنے والی۔
ابا: تو پھر کہاں ہے میرا ہینڈ بیگ؟
امی: وہ بڑے پیکٹ کے نیچے رکھا ہے۔
علی: ابا یہ لیجیے۔
ابا: تھینک یو بیٹا۔ کتنے کا آیا؟
امی: آپ کو اس سے کیا مطلب۔ یہ بتایئے پسند آیا کہ نہیں؟
ابا: آپ کی لائی ہوئی چیز میں کیسے ناپسند کر سکتا ہوں۔
امی: شکریہ جناب، میں بھی تو آپ کی پسند جانتی ہوں۔
ابا: اسی لیے تو اچھی گزر رہی ہے۔
ناصر: اچھا امی باتیں بہت ہو چکیں، بڑی بھوک لگی ہے۔
امی: عبدل، کھانا لگ گیا؟
عبدل: جی بیگم صاحب! کھانے کی میز آپ سب کا انتظار کر رہی ہے۔

تمام بچے "عبدل زندہ باد" کہتے ہوئے ڈائننگ ٹیبل کی طرف بڑھتے ہیں اور کھانے کے دوران خریداری اور بازار کے بارے میں گفتگو کرتے ہیں۔

AT3 L4

Exercise A: **مشق الف:**

Answer the following questions:

مندرجہ ذیل سوالوں کے جواب دیجیے۔

1. Where did the mather come from? — 1- امی کہاں سے واپس آئی تھیں؟
2. What did she bring for Amjad? — 2- وہ امجد کے لیے کیا لائیں؟
3. What is the difference between a paper pin and a tie pin? — 3- پیپر پن اور ٹائی پن میں کیا فرق ہے؟
4. Who is the oldest person in the family? — 4- گھر میں سب سے زیادہ عمر کس کی ہے؟
5. Who is Abdul? What did he do? — 5- عبدل کون ہے؟ اس نے کیا کیا؟

AT4 L2

Exercise B: **مشق ب:**

Ask four of your class-fellows about what and whom do they like and fill in the following chart.

اپنی جماعت کے چار طالب علموں سے ان کی پسند معلوم کر کے مندرجہ ذیل خانوں میں لکھیے۔

پسندیدہ لباس	پسندیدہ رنگ	پسندیدہ تفریحی مقام	پسندیدہ پھول	پسندیدہ شخصیت	نام	نمبر
						1
						2
						3
						4

AT2 L2

Exercise C: **مشق ج:**

Your father is going to the market. Ask him in Urdu to bring the following things for you. Your teacher will play the role of father.

آپ کے والد بازار جا رہے ہیں۔ ان سے اردو میں مندرجہ ذیل چیزیں لانے کے لیے کہیے۔ آپ کے استاد والد کا کردار ادا کریں گے۔

1.A geometry box. 2.Your uniform. 3.Peak-cap.
4.A cricket bat. 5.Some sweets. 6.A childern's magazine.

Exercise D:

Make separate lists of the items purchased by your parents for your domestic requirements.

مشق د:

آپ کے والد اور والدہ گھریلو ضرورت کا جو سامان خرید کر لاتے ہیں ان کی علیحدہ فہرست بنائیے۔

						کتابیں	والد
						سبزی	والدہ

Vocabulary ذخیرۂ الفاظ

Shopping	*Khareedaaree*	خَریداری
Doll	*Guryaa*	گُڑیا
To forget	*Bhoolnaa*	بھُولنا
Really, Truth	*Sach*	سَچ
To tease	*Tang karnaa*	تَنگ کَرنا
To molest, To irritate	*Chhayrnaa*	چھیڑنا
To like	*Pasand Aanaa*	پَسَند آنا
To care	*Parwaa karnaa*	پَروا کَرنا
To care, To look after	*Khyaal rakhnaa*	خیال رَکھنا
Hunger	*Bhook*	بھوك
Wait	*Intizaar*	اِنتِظار

Lesson No. 13 | **سبق نمبر13**

بازار

Baazaar

The Market

امی گھر کے تمام لوگوں کے لیے بازار سے جو چیزیں خرید کر لائیں ان پر کھانے کے بعد بھی گفتگو ہوتی رہی۔

سیما: امی آپ کو ہم سب کی چیزیں خریدنے کے لیے کئی جگہ جانا پڑا ہوگا۔

امی: نہیں تو، ساری چیزیں ایک ہی جگہ مل گئیں۔

علی: امی، وہ کیسے؟

امی: تمہیں نہیں معلوم کہ لندن میں جگہ جگہ ڈپارٹمنٹل اسٹورز یا سپر مارکیٹیں موجود ہیں جہاں ایک ہی چھت کے نیچے تمام چیزیں مل جاتی ہیں۔

امجد: کیا دوسرے ملکوں میں بھی ایسا ہی ہوتا ہے؟

ابا: ہاں بیٹا، اب تقریباً تمام بڑے شہروں میں ایسے ہی اسٹور یا سپر مارکیٹیں موجود ہیں۔

سیما: لیکن ہندوستان، پاکستان میں تو بازار ہوتے ہیں۔

امی: مارکیٹ ہی کو اردو میں بازار کہتے ہیں۔ وہاں زیادہ تر ایک ہی بازار میں ہر قسم کی دکانیں ہوتی ہیں جن پر ضرورت کی اکثر چیزیں مل جاتی ہیں، جیسے گوشت، پھل، سبزی، مرچ، مسالے، کپڑے، جوتے وغیرہ۔

ابا: لیکن اب ہندوستان اور پاکستان میں بھی امریکا، برطانیہ اور دیگر ترقی یافتہ ملکوں کی طرح بازاروں کے ساتھ ساتھ ڈپارٹمنٹل اسٹور یا سپر مارکیٹیں کھل گئی ہیں۔

علی: پھر بھی ہر چیز کی قیمت پوچھنے اور بھاؤ تاؤ کرنے میں تو وقت لگتا ہے۔

امی: ایسا نہیں ہے۔ ہر بڑے اسٹور میں چیزوں کی قیمتیں مقرر اور لکھی ہوئی ہوتی ہیں اس لیے سوچنے یا حساب کتاب کرنے میں دیر نہیں لگتی۔

ابا: میں نے امریکا میں ایک خاص بات دیکھی۔

سیما: وہ کیا؟

ابا: وہاں دوا فروش کی دُکان یعنی ڈرگ اسٹور پر دواؤں کے علاوہ بھی بہت سی چیزیں مل جاتی ہیں۔

امجد: مثلاً؟

ابا: مثلاً جنرل اسٹور کا تمام سامان، یہاں تک کہ میک اپ کی چیزیں اور ٹھنڈے گرم مشروبات بھی۔ بعض ڈرگ اسٹورز میں لنچ کاؤنٹر بھی ہوتا ہے جہاں کھانے پینے کی مختلف اشیا بھی ملتی ہیں۔

سیما: ہندوستان اور پاکستان کے بازاروں کے بارے میں کچھ اور بتائیے۔

ابا: ان ملکوں کے بڑے شہروں میں تھوک بازار ہیں جہاں ایک ہی قسم کی چیزوں کی بے شمار دکانیں ہوتی ہیں مثلاً سبزی منڈی، مچھلی بازار، کپڑا مارکیٹ وغیرہ۔

امجد: میں نے کہیں پڑھا یا سنا تھا کہ وہاں کباڑی بازار بھی ہوتے ہیں۔ وہ کیا ہوتے ہیں؟

امی: بیٹا، ان بازاروں میں پرانی، بے کار اور کار آمد ہر طرح کی چیزیں کم قیمت پر مل جاتی ہیں۔ اکثر چیزیں معمولی مرمت کے بعد بالکل ٹھیک ہو جاتی ہیں۔

ابا: اور ہاں، ہندوستان اور پاکستان کے چھوٹے شہروں یعنی قصبوں اور دیہات میں بازار کی ایک اور قسم ہوتی ہے جسے پینٹھ یا ہاٹ کہتے ہیں۔ بڑے شہروں میں بھی اس طرح کے عارضی بازار ہفتے میں ایک دن لگتے ہیں۔ کسی کھلی جگہ پر سڑک کے کنارے یا میدان میں دکانیں لگتی ہیں جہاں روزمرہ ضرورت کی بہت سی چیزیں مل جاتی ہیں۔

علی: کیا ان بازاروں میں قیمتیں مقرر ہوتی ہیں؟

ابا: ہر جگہ نہیں ہوتیں۔ اکثر دکاندار اور خریدار کے درمیان بھاؤ تاؤ ہوتا ہے۔

امجد: شکریہ امی، اور ابو آپ کا بھی۔ آج آپ نے بڑے کام کی باتیں بتائی ہیں۔

سیما: واقعی، ہماری معلومات میں اضافہ ہوا ہے۔

AT3 L4

Exercise A:

مشق الف:

Answer the following questions:

مندرجہ ذیل سوالوں کے جواب دیجیے:

1. From where did the mother purchase all things?

1- امی نے ساری چیزیں کہاں سے خریدیں؟

2. What is a departmental store?

2- ڈپارٹمنٹل اسٹور کیا ہوتا ہے؟

3. What items are available at a Drugstore in America?

3- امریکا میں دوا فروش کی دکان پر کیا کیا ملتا ہے؟

4. What are the wholesale makets and where are they located?

4- تھوک بازار کیا اور کہاں ہوتے ہیں؟

5. What do you know about markets of old items?

5- کباڑی بازار کے بارے میں آپ کیا جانتے ہیں؟

AT4 L3

Exercise B:

مشق ب:

You might have seen English Food Store, Mother Care, Marks and Spencer and British Home Store. Write five sentences about each of any three.

آپ نے انگریزی فوڈ اسٹور، مدر کیئر، مارکس اینڈ اسپینسر اور برٹش ہوم اسٹور دیکھے ہوں گے۔ ان میں سے کسی بھی تین کے بارے میں پانچ پانچ جملے لکھیے۔

AT2 L2/3

Exercise C:

مشق ج:

Your friend owns a shop of electric items. Ask him to supply different items according to your requirement. Ask their prices also.

آپ کے دوست کی بجلی کے سامان کی دکان ہے۔ اس سے اپنی ضرورت کی مختلف چیزیں طلب کیجیے اور قیمت بھی معلوم کیجیے۔

AT2 L2

Exercise D:

مشق د:

Ask any five of your class-mates which fruits and vegetables they like to eat. Fill in the following columns.

اپنی کلاس کے پانچ طالب علموں سے دریافت کیجیے کہ انھیں کون کون سی سبزیاں اور پھل پسند ہیں ان کے نام مندرجہ ذیل خانوں میں لکھیے۔

پسند کے پھل	پسند کی سبزیاں	طالب علم کا نام	نمبر
			1
			2
			3
			4
			5

AT4 L3/4

Exercise E:

مشق ہ:

You go to purchase some fruits at a shop in India. How would you bargain with the shop- keeper. Write a dialogue about it.

آپ ہندوستان میں کسی دکان پر مختلف پھل خریدنے جاتے ہیں۔ دکاندار سے کس طرح مول تول کریں گے؟ گفتگو کی شکل میں لکھیے۔

Exercise F: **مشق و:**

Your elder brother has just returned from a supermarket. Ask him what he has eat there.

آپ کے بڑے بھائی ابھی ابھی ایک سپر مارکیٹ سے آئے ہیں۔ ان سے پوچھیے کہ انہوں نے وہاں کیا کیا دیکھا؟

Vocabulary ذخیرۂ الفاظ

Meat, Mutton, Beef	*Goasht*	گُوشت
Spices	*Masaalay*	مَسَالے
Chilly	*Mirch*	مِرچ
Developed, Advanced	*Taraqqee yaaftah*	تَرَقّی یَافتَہ
Repair	*Marammat*	مَرَمّت
Bargaining	*Bhaa-o Taa-o*	بَھاؤ تاؤ
Fixed	*Muqarrar*	مُقَرَّر
Accounting	*Hisaab kitaab*	حِسَاب کِتَاب
Wholesale market	*Thoak Baazaar*	تھوک بَازَار
Market	*Mandee*	مَنڈی
Villages	*Dayhaat*	دِیہَات

تارے

T̄aaray

Stars

لو رات آئی، دنیا پہ چھائی
اے سونے والو، چادر ہٹالو

دیکھو فلک پر روشن ہیں تارے
چہرے ہیں ان کے کیا پیارے پیارے
ہیں قابل دید ان کے نظارے

ہے آسماں بھی کیا صاف ستھرا
اک نیلی نیلی چادر ہے گویا
جس پر سجی ہے بیٹھی ہوئی ہے
پُر نور محفل مسرور محفل
اے سونے والو، چادر ہٹالو
اے پیارے تارو، شب کے دلارو

ہاں صبح تک تم چمکتے ہی جاؤ
بھٹکے ہوؤں کو رستہ دکھاؤ
ہم کو بھی ایسی خدمت سکھاؤ

نیکی کریں ہم اور نام چمکے
تاروں کی مانند ہر کام چمکے
ہم کو سلیقہ آجائے ایسا
دنیا کو ہم سے آرام پہنچے
اے پیارے تارو، شب کے دلارو

AT3 L4

Exercise A: — **مشق الف :**

Answer the following questions: — مندرجہ ذیل سوالوں کے جواب دیجیے:

1. What is night made for? — 1-رات کس لیے بنائی گئی ہے ؟
2. What do we see in the sky at night? — 2-رات کے وقت ہمیں آسمان پر کیا نظر آتا ہے ؟
3. What does the sky look like? — 3-آسمان کیسا نظر آتا ہے ؟
4. How can our names shine like the stars? — 4-ہمارا نام ستاروں کی طرح کیسے چمک سکتا ہے ؟
5. What manners should we know? — 5-ہمیں کیا سلیقہ آنا چاہیے ؟

AT4 L2

Exercise B: — **مشق ب :**

Write down two more similar sounding words against each of the following . — مندرجہ ذیل الفاظ کے ہم آواز دو دو لفظ اور لکھیے۔

ہم آواز الفاظ		لفظ	ہم آواز الفاظ		لفظ
		آئی			قابل
		تارے			دید
		نیلی			چہرے
		جاؤ			رستہ
		نام			سونا

AT4 L3/4

Exercise C: — **مشق ج:**

You might have seen a dream some time. Write a paragraph of 50 words about it. — آپ نے کبھی کوئی خواب ضرور دیکھا ہوگا۔اس کے بارے میں پچاس الفاظ کی ایک عبارت لکھیے۔

AT4 L3

Exercise D: — **مشق د:**

Tell your friend what you like more, day or night, and why. — اپنے ساتھی کو بتایئے کہ آپ کو دن یا رات میں سے کیا زیادہ پسند ہے اور کیوں۔

AT4 L2

Exercise E: مشق ہ:

Pick Nouns and Adjectives from the above poem and write them separately.

اس نظم میں اسم اور صفت کے جو الفاظ آئے ہیں انہیں الگ الگ کر کے لکھیے۔

								رات	اسم
								روشن	صفت

Vocabulary ذخیرۂ الفاظ

Overcast	*Chhaa-ee*	چھائی
Sheet	*Chaadar*	چادَر
To remove	*Hataanaa*	ہَٹانا
The sky	*Falak*	فَلَک
Worth-seeing	*Qaabil-e-deed*	قابل دِید
Scenes	*Nazzaaray*	نَظّارے
As if	*Goa-yaa*	گویا
Decorated	*Sajee Hu-ee*	سَجی ہوئی
Full of light	*Pur Noor*	پُر نُور
Gathering, Meeting	*Mahfil*	مَحفِل
Happy	*Masroor*	مَسرُور
Dear	*Dulaaraa*	دُلارا
Wanderers	*Bhatkay Huway*	بھٹکے ہوئے
Service	*Khidmat*	خِدمَت
Like, Similar to	*Maanind*	مانِند
Goodness, Virtue	*Naykee*	نیکی

الفاظ کا کھیل

Word Game

8 ہ	7	6 ل	5	■	■	4	3 ز	2	1 س
16	15 ا	14	■	13	12 پ	■	11	10 گ	9
24 ن	23	■	22 م	21	20	19 ا	■	18	17 ح
32	■	31 م	30	29	28 ت	27	26 ا	■	25
■	38 ٹ	37	36 ل	■	■	35 ت	34	33 س	■
■	44	43 ی	42	■	■	41	40 ا	39	■
52 ب	■	51	50	49 ر	48	47 ا	46	■	45 ج
60	59 ک	■	58 ن	57	56 و	55	■	54 م	53
68 ہ	67	66 گ	■	65 ب	64	■	63 ر	62	61 نَ
76	75 پ	74	73 ا	■	■	72 ر	71	70 ن	69

خاکے کے خالی خانوں میں مناسب حروف بھر کر لفظ مکمل کیجیے۔ نیچے دیے گئے اشاروں سے مدد لیجیے جن میں ہم معنی الفاظ دیے گئے ہیں۔ "ی" کو "ے" کی طرح بھی استعمال کر سکتے ہیں۔ الف کو مد لگا کر "آ" بھی لکھ سکتے ہیں۔

اشارے

دائیں سے بائیں

1-ہریالی
5-بات
9-گھر، ایسا ہو تو
12-انگریزی میں 'دبانے' کو کہتے ہیں
14-تولنے کے لیے وزن
17-مشکل کام کو آسان کرنا
19-چین، سکون، راحت
23-عمر، بے ہوش
26-بدلہ
33-طرف، جانب
36-اٹھانا، عمارت کی ایک منزل سے دوسری منزل پر لے جانے والی سواری
39-پتوں کا کھیل
42-بیکری میں ملنے والی مٹھائی
46-محروم، ناکام، بدنصیب
53-تو
55-جاری، بہتا ہوا
59-کسی سے کسی شے کا تعلق ظاہر کرنے والا لفظ
61-آگ
64-پالنے والا، پروردگار
66-شکایت
69-بیچ، کسی چیز میں ہونا
73-پر، نیچے کا الٹ

اوپر سے نیچے

1-کنارہ
2-ایک قسم کا باجا
3-سونا، دولت
6-ہونٹ
7-گوشت
8-پرے ہونا، واپس ہونا
12-تہ، ورق، چھلکا
13-مشکل، دشوار
19-بکھر جانا
22-مالک کی جمع
26-پناہ
31-فائدہ مند
33-خلاصہ، عطر، جوہر
38-ذرا
45-جس قدر
48-ایک حسین پرندہ
49-شیرہ، پتلا گڑ
52-اندر کا الٹ
54-اماں، والدہ
59-کاغذوں یا بالوں کے اکٹھا کرنے کی چمٹی
63-واپس کر دینا
66-اگرچہ

حل

دائیں سے بائیں: 1-سبزہ، 5-کلمہ، 9-اگر، 12-پش، 14-باٹ، 17-حل، 19-آرام، 23-بیسن، 26-انتقام، 33-سمت، 36-لفٹ، 39-تاش، 42-کیک، 46-نامراد، 53-تم، 55-رواں، 59-کا، 61-نالہ، 64-رب، 66-گلہ، 69-اندر، 73-اوپر

اوپر سے نیچے: 1-ساحل، 2-بگل، 3-زر، 6-لب، 7-ماس، 8-ہٹنا، 12-پرت، 13-شاق، 19-انتشار، 22-مالکان، 26-امان، 31-مفید، 33-ست، 38-ٹک، 45-جتنا، 48-مور، 49-راب، 52-باہر، 54-ماں، 59-کلپ، 63-رد، 66-گو

Lesson No. 15 | **سبق نمبر15**

استاد کا رُتبہ

Ustaad kaa Rutbah

Status of a Teacher

حسن نے اپنی امی کو بتایا کہ وہ کل اسکول نہیں جائے گا اس لیے اسے صبح جلدی نہ اٹھایا جائے۔ امی نے اسکول نہ جانے کی وجہ پوچھی تو حسن نے کہا "آج سمیع صاحب نے مجھے کلاس میں بہت ڈانٹا، میں ان سے ناراض ہوں۔" امی کے دریافت کرنے پر اس نے بتایا کہ سمیع صاحب ان کے اردو کے استاد ہیں۔ امی نے کہا "انھوں نے بلاوجہ تو نہیں ڈانٹا ہوگا۔ تم سے کوئی غلطی ہوئی ہوگی۔" حسن نے اعتراف کیا کہ اس نے اردو کا ہوم ورک نہیں کیا تھا۔ امی نے اسے سمجھایا کہ استاد کی ڈانٹ بچوں کی بھلائی کے لیے ہوتی ہے۔ اس کا برا ماننے کے بجائے ان کی ہدایت پر عمل کرنا چاہیے۔ "تمہارے ابا بھی تو کبھی کبھی تمہیں ڈانٹ دیتے ہیں"۔

"ٹھیک ہے امی۔ وہ میرے ابا ہیں، لیکن استاد کو کیا حق پہنچتا ہے کہ وہ ہماری بے عزتی کریں"۔ حسن نے چڑ کر کہا۔

"نہیں بیٹا ایسا نہیں سوچتے۔ استاد کی نصیحت کو بے عزتی نہیں کہتے۔ وہ تمہارے باپ کی طرح ہیں۔ جس طرح ماں باپ بچوں کے جسم کا خیال رکھتے ہیں، اسی طرح استاد ان کے علم و اخلاق اور روح کی پرورش کرتے ہیں۔ اسی لیے استاد کو روحانی باپ کہا جاتا ہے"۔

امی نے حسن کو پیار سے اپنے قریب بٹھاتے ہوئے سمجھایا کہ استاد کا اپنے شاگردوں پر ایسا ہی حق ہوتا ہے جیسا والدین کا اپنے بچوں پر۔ استاد اپنے علم اور تجربے سے شاگردوں کے دل و دماغ روشن کرتا ہے۔ انہیں اچھے برے کی

تمیز سکھاتا ہے اور سیدھا راستہ دکھاتا ہے۔ استاد کے سکھائے ہوئے علم، اخلاق اور تہذیب سے شاگرد آگے بڑھتے اور ترقی کرتے ہیں۔ آج دنیا میں جتنے بڑے بڑے اور مشہور لوگ نظر آتے ہیں وہ اپنے استادوں ہی کی وجہ سے اس مقام تک پہنچے ہیں۔

"پھر تو امی ہر بچے کو استاد کی عزت کرنی چاہیے"۔ حسن کا غصہ اب دھیما پڑ چکا تھا۔

امی نے اس کی تائید کرتے ہوئے کہا "استاد کی نہ صرف عزت کرنی چاہیے بلکہ ان کی بات بھی ماننی چاہیئے۔ اس کی ہدایت ہر مذہب میں دی گئی ہے"۔

حسن نے پوچھا "اسلام میں بھی؟"

"ہاں اسلام میں تو استاد کا رتبہ بہت بلند ہے۔ ہر مسلمان کو شروع سے زندگی کے آخری لمحے تک علم حاصل کرنے کا حکم دیا گیا ہے، اس لیے استاد کی ضرورت ہر وقت محسوس ہوتی ہے۔ خود ہمارے نبی پاکؐ کو معلم اخلاق کہا جاتا ہے۔ آپؐ نے ہمیں بہترین زندگی گزارنے کا طریقہ سکھایا"۔

"ہر مذہب میں استاد کا رتبہ بلند ہے؟" حسن نے پوچھا۔ اس کی دلچسپی بڑھنے لگی تو امی نے اسے مزید بتایا۔ "ہندو، سکھ، عیسائی، یہودی، پارسی کسی بھی مذہب کی تعلیمات پڑھ کر دیکھ لو، ہر جگہ استاد کا ذکر بڑے احترام کے ساتھ کیا گیا ہے۔ کہیں اسے گرو کہا گیا ہے تو کہیں مرشد یا اسی طرح کسی باعزت نام سے پکارا گیا ہے"۔

"اچھا امی پھر تو مجھے صبح جلدی جگا دیجیے گا تاکہ میں اسکول جا کر سمیع صاحب سے معافی مانگ لوں"۔

"شاباش بیٹا، اچھے بچے ایسا ہی کرتے ہیں۔ چلو اٹھو اور جلدی سے کل اور آج کا ہوم ورک کر لو تاکہ کلاس میں ڈانٹ نہ پڑے"۔

"اچھا امی ابھی کرتا ہوں"۔ حسن یہ کہتا ہوا اپنے کمرے میں ہوم ورک کرنے چلا گیا۔

AT3 L4/5

Exercise A: / **مشق الف:**

Answer the following questions: / مندرجہ ذیل سوالوں کے جواب دیجیے:

1. Why was Hasan unhappy with his teacher?	1- حسن کس بات پر اپنے استاد سے ناراض تھا؟
2. Why did the teacher rebuke Hasan?	2- استاد نے اسے کیوں ڈانٹا تھا؟
3. Why should we respect our teacher?	3- ہمیں استاد کی عزت کیوں کرنی چاہیے؟
4. Does every religion teach to obey a teacher?	4- کیا ہر مذہب نے استاد کا حکم ماننے کی تعلیم دی ہے؟
5. What did the mother advise Hasan?	5- امی نے حسن کو کیا نصیحت کی؟

AT4 L3/4

Exercise B:

مشق ب:

What qualities do you want to see in your teacher? Write at least five sentences.

آپ اپنے استاد میں کیا کیا خوبیاں دیکھنا پسند کرتے ہیں؟ کم از کم پانچ جملے لکھیے۔

AT2 L3/4

AT4 L3

Exercise C:

مشق ج:

You will find in your class the students belonging to Christian, Muslim, Hindu, Sikh, Jew or other religion. Ask what does their religion teach them about acquring knowledge and the teacher. Exchange your views and write them.

ہندو، سکھ، عیسائی، مسلمان، یہودی یا جس مذہب کے طالب علم آپ کی کلاس میں ہیں ان سے علم اور استاد کے بارے میں ان کے مذہب کی کچھ باتیں پوچھیے اور آپس میں معلومات کا تبادلہ کر کے لکھیے۔

مذہب	تعلیمات
ہندو	
سکھ	
عیسائی	
مسلمان	
یہودی	
کوئی اور مذہب	

AT2 L3/4

AT4 L3/4

Exercise D:

مشق د:

Mohan has come in dirty clothes in the class today. You play the role of the teacher and ask one of your friends to act as Mohan. Have a talk and write it down.

آج موہن کلاس میں گندے کپڑے پہن کر آیا ہے۔ آپ استاد بن کر اس سے گفتگو کیجیے۔ آپ کا کوئی دوست موہن کا کردار ادا کرے گا۔ اپنی گفتگو کو کاپی میں لکھیے۔

Vocabulary ذخیرۂ الفاظ

To tell	*Bataanaa*	بَتانا
To rebuke	*Daantnaa*	ڈانٹنا
Angry, Unhappy	*Naaraaz*	ناراض
To inquire, To discover	*Daryaaft karnaa*	دریافت کرنا
Mistake, Wrong	*Ghalatee*	غلطی
Right, Truth	*Haq*	حق
To get irritated	*Chirnaa*	چڑنا
Advice	*Naseehat*	نصیحت
Disgrace, Insult	*Bay Izzatee*	بے عزتی
Spiritual	*Roohaanee*	روحانی
Morality, Morale	*Akhlaaqee*	اخلاقی
Nourishment, Fostering	*Parwarish*	پرورش
To enlighten	*Roshan karnaa*	روشن کرنا
Difference, Manners	*Tameez*	تمیز
Culture	*Tahzeeb*	تہذیب

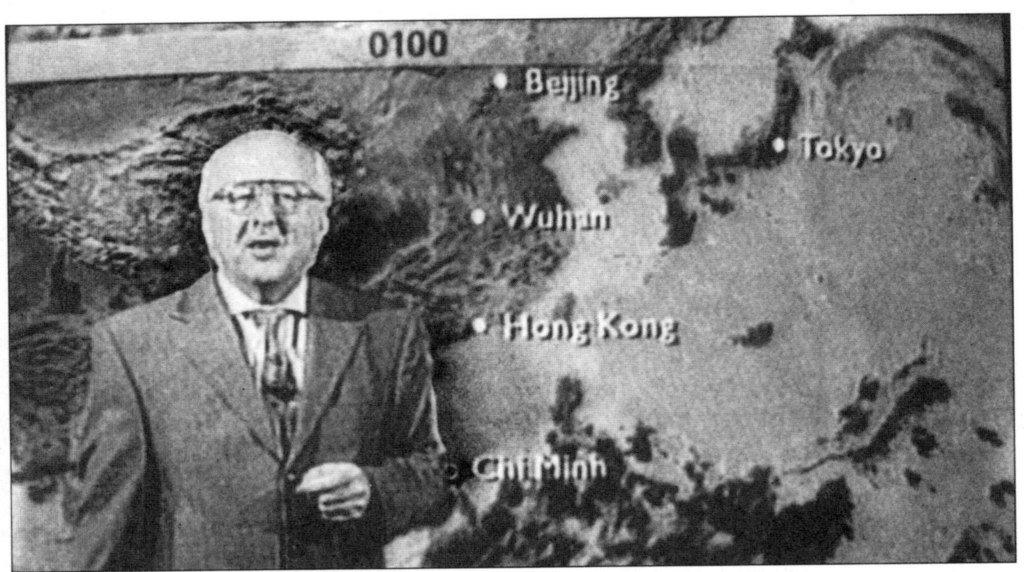

Lesson No. 16 سبق نمبر 16

کچھ موسم کے بارے میں

Kuchh Mausim kay baaray maiṉ

Something about Seasons

امجد نے گھر پہنچ کر اپنے والد صاحب کو بتایا کہ آج اس نے اسکول میں موسم کے بارے میں سبق پڑھا ہے۔ سبق میں بتایا گیا ہے کہ برطانیہ میں بھی سال کے چار موسم ہوتے ہیں۔ بہار، گرمی، خزاں اور سردی۔ برطانیہ میں یہ موسم آب و ہوا کے اعتبار سے بہت مختلف ہوتے ہیں۔

سردیوں میں موسم بہت ٹھنڈا ہوتا ہے۔ ہوائیں چلتی ہیں اور برف گرتی ہے۔ رات کو درجہ حرارت صفر سے بھی کم ہو جاتا ہے۔ اس کی وجہ سے سڑکوں پر برف جم جاتی ہے اور سڑکیں آمدورفت کے لیے محفوظ نہیں رہتیں۔ گرمیوں میں دن بڑا ہوتا ہے۔ خوب گرمی پڑتی ہے اور بارش بھی ہوتی ہے۔ بہار کے موسم میں پودے اور درخت ہرے بھرے ہو جاتے ہیں۔ ان میں نئے پتے اور پھل پھول آتے ہیں۔ خزاں کو پت جھڑ کا موسم بھی کہتے ہیں۔ اس میں خشک ہوائیں چلتی ہیں اور درختوں کے پتے جھڑ جاتے ہیں۔

پاکستان کے جنوبی حصے میں سال کے زیادہ دن گرم رہتے ہیں۔ گرمیوں کے موسم میں تو سخت گرمی پڑتی ہے لیکن موسم سرما میں سردی کم ہوتی ہے۔ پاکستان کے شمالی علاقوں میں موسم گرما میں سخت گرمی اور جاڑوں میں سخت سردی ہوتی ہے۔ سردی اور گرمی کے بعض مہینوں میں بارشیں بھی ہوتی ہیں۔ ہندوستان ایک بڑا ملک ہے۔ اس کا رقبہ کافی بڑا ہے، اس لیے پورے ملک میں موسم ایک جیسا نہیں رہتا۔ مختلف علاقوں میں موسم بدلتا رہتا ہے۔ ایک ہی وقت میں ہندوستان کے کسی شہر میں سخت گرمی، تو کسی دوسرے شہر میں سخت سردی یا بارش پڑ رہی ہو گی۔

ALT3 L3/4

Exercise A: مشق الف

Answer the following questions. مندرجہ ذیل سوالوں کے جواب دیجیے۔

1.How many seasons are there in a year? Name them. 1- سال میں کتنے موسم ہوتے ہیں؟ ان کے نام لکھیے۔

2.What happens in the winter season in Britain? 2- برطانیہ میں موسم سرما میں کیا ہوتا ہے؟

3.Why are roads blocked in the winter? 3- موسم سرما میں سڑکیں کیوں بند ہو جاتی ہیں؟

4.What do you know about the season of Pakistan's Northern areas? 4- آپ پاکستان کے شمالی علاقوں کے موسم کے بارے میں کیا جانتے ہیں؟

5.Why is it that the season throughout India does not remain the same? 5- ہندوستان کے تمام علاقوں میں موسم یکساں کیوں نہیں رہتا؟

AT4 L3

Exercise B: مشق ب

During the spring season you have gone for a walk in the garden. Describe it in five sentences. آپ موسم بہار میں ایک باغ کی سیر کو گئے ہیں۔ پانچ جملوں میں اس کا حال لکھیے۔

Exercise C: مشق ج

Draw a scene of an autumn evening on a paper. Now colour it and show it to your teacher so as to know who has drawn the best picture. موسم خزاں کی ایک شام کا منظر ایک کاغذ پر بنائیے اور اس میں رنگ بھریے۔ اپنے استاد سے فیصلہ کرائیے کہ کس کی تصویر سب سے اچھی ہے۔

AT2 L3/4

Exercise D: مشق د

Discuss with your friend about the plus and minus points of the pictures drawn. اپنے دوست سے اس کی اور اپنی تصویر کی خوبیوں اور خامیوں کے بارے میں گفتگو کیجیے۔

AT2 L4

Exercise E:

Due to snowfall your car was entangled on the road. How did you face this difficulty? Tell your teacher in Urdu.

مشق ہ:

سڑک پر برف جم جانے کی وجہ سے آپ کی کار پھنس گئی۔ آپ نے اس مشکل کا کس طرح مقابلہ کیا؟ اپنے استاد کو بتائیے۔

1. Where were you going?
2. Who was with you?
3. Who was driving the car?
4. Where did it stop at last?
5. Did you remove snow from the road?
6. Or you waited till the snow was melted?
7. Was there any damage to the car?
8. Did something of the car go out of order?
9. What did you do to repair it?
10. Who helped you on this occasion?

Vocabulary   ذخیرۂ الفاظ

Season, Weather	Mausim	مَوسِمْ
Climate	Aab-o-hāwaa	آب و ہَوَا
Summer season	Mausim-e-Gārmaa	مَوسِمِ گَرمَا
Winter	Sārmaa	سَرمَا
Spring	Bāhaar	بَہار
Autumn	K͟hāzaan	خَزاں
Rainy season	Mausim-e-Bārsaat	مَوسِمِ بَرسات
Rain	Baarish	بَارِشْ
Temperature	Hāraarat	حَرارَتْ
Cold, Cool	Thāndaa	ٹھَنڈا
Green	Hāray Bhāray	ہَرے بھَرے
Flower	Phool	پھُولْ
Fall of leaves, Autumn	Pāt Jhār	پَت جھَڑ
Winter (season)	Jaaraa	جاڑا
Northern	Shumaalee	شُمَالیْ
Southern	Junoobee	جُنُوبیْ

Lesson No. 17 | سبق نمبر 17

ڈاک خانہ

Daak Khanah

Post Office

ڈاک خانہ وہ محکمہ ہے جس کی مدد سے ہم اپنے دور رہنے والے رشتے داروں اور دوستوں سے تعلق قائم رکھتے ہیں۔ عام کاروباری خطوط بھیجنے، ٹکٹ، لفافے، ایروگرام خریدنے اور جائزو، پنشن، اور چائلڈ بینیفٹ وغیرہ کی ادائیگی کا کام ڈاک خانوں ہی سے ہوتا ہے۔ ڈرائیونگ لائسنس، ٹی وی لائسنس اور کئی اور کام بھی ڈاک خانے کے ذریعے ہوتے ہیں۔ سڑکوں پر اور گلیوں میں جگہ جگہ ڈاک خانے کی طرف سے خط ڈالنے کے لیے ڈبے لگے ہوتے ہیں جہاں سے ڈاکیا دن میں دو تین دفعہ خطوط نکال کر لے جاتا ہے۔ پارسل کو ڈاک خانے میں جاکر پوسٹ کرنا پڑتا ہے۔ ڈاک خانے سے خط اور پارسل سارٹنگ آفس لے جائے جاتے ہیں، وہاں سے انہیں بذریعہ ٹرین ان کے پتوں پر بھیج دیا جاتا ہے۔ ہوائی ڈاک، ہوائی جہاز سے دوسرے ممالک کو بھیجی جاتی ہے۔ ڈاک خانے میں خطوط کے علاوہ پوسٹل آرڈر اور اکاؤنٹس وغیرہ کا کام بھی ہوتا ہے اور ٹیلی گرام بھی بھیجے جاتے ہیں۔

ایک اجنبی ڈاک خانے کی تلاش میں ہے۔ جاوید اس کی مدد کرتا ہے۔ آپ بھی دیکھیے۔

اجنبی: یہاں ڈاک خانہ کہاں ہے؟

جاوید: وہ سامنے سڑک کی دوسری طرف ہے۔ میں بھی وہیں جارہا ہوں۔ آیئے!

اجنبی: مجھے ایک رجسٹرڈ خط بھیجنا ہے اور کچھ ضروری معلومات بھی حاصل کرنی ہیں۔

(ڈاک خانے کے اندر داخل ہو کر)

جاوید: آیئے لائن میں لگ جاتے ہیں۔

اجنبی: (ڈاک کلرک سے) معاف کیجیے، مجھے اس رجسٹرڈ خط کے لیے کتنے کے ٹکٹ لگانا ہوں گے؟

ڈاک کلرک: لفافہ ترازو پر رکھیں۔

اجنبی: یہ لیجیے۔

ڈاک کلرک: کہاں بھیجنا چاہتے ہیں؟

اجنبی: امریکا۔

ڈاک کلرک: دو پونڈ بیس پینس ادا کریں۔

اجنبی: یہ لیجیے۔

ڈاک کلرک: شکریہ۔

اجنبی: مجھے پانچ ایروگرام اور اکتیس پینی والے تین عدد ٹکٹ بھی چاہئیں۔

ڈاک کلرک: یہ لیجیے۔

اجنبی: شکریہ۔ خدا حافظ۔

AT2 L3/4

Exercise A:

You are at a post office counter. Your teacher will play the part of the counter clerk. Have a talk with him in Urdu. You will speak first.

1.Say you need six stamps for post cards to India.

2.Ask how much it costs for a letter to Saudi Arabia?

3.Say you want to send a small packet to Peshawar in Pakistan.

4.Ask for three stamps of thirty pence each.

5.Then ask for a stamp for a letter to America.

6.Say that is all. You have no small change. Say thanks and good-bye.

Exercise B:

Write down the names in Urdu and English of at least twenty countries where the post is sent from London.

مشق ب:

لندن سے جن ممالک کو ڈاک بھیجی جاتی ہے ان میں سے کم از کم بیس ملکوں کے نام اردو اور انگریزی میں لکھیے۔

مشق ج:

آپ اپنے دوست کے پاس علی گڑھ ، بھارت میں ٹھہرے ہوئے ہیں اور آپ کی چھوٹی بہن لندن میں ہے۔ اس کی سالگرہ پر آپ اسے ایک تحفہ بھیجنا چاہتے ہیں۔ آپ ڈاک خانے میں ہیں۔ آپ کا استاد ڈاک خانے کے کلرک کا رول ادا کرے گا۔ دیے گئے اشاروں کی مدد سے گفتگو کیجیے۔

کہیے کہ میں ایک پارسل لندن بھیجنا چاہتا ہوں۔
پوچھیے کہ کتنے پیسے لگیں گے؟
پوچھیے کہ پارسل کب پہنچے گا؟
پوچھیے کہ کہیں پر دستخط کرنا ہیں؟
شکریہ ادا کیجیے اور خدا حافظ کہیے۔

AT3 L3/4

Exercise C:

Answer the following questions:

1. Where do people get their pensions, TV licence, road tax disc and child benefits?
2. What other services are given by a post office?
3. Where do you find letter boxes?
4. How is the post sent by the post office?
5. How did Javed help the stranger?

مشق د:

مندرجہ ذیل سوالوں کے جواب دیجیے:

1- لوگ پنشن، ٹی وی لائسنس، روڈ ٹیکس ڈسک، چائلڈ بینیفٹ کہاں سے لیتے ہیں؟
2- ڈاک خانہ اور کون سی خدمات انجام دیتا ہے؟
3- ڈاک کے ڈبے (لیٹر بکس) کہاں لگے ہوتے ہیں؟
4- ڈاک خانے سے ڈاک کیسے بھیجی جاتی ہے؟
5- جاوید نے اجنبی کی مدد کیسے کی؟

Exercise E:

What are the facilities not available at your nearest post office. Write a letter to the post master general to provide the required facilities.

مشق ہ:

آپ کے قریبی ڈاک خانے میں کن سہولتوں کی کمی ہے۔ پوسٹ ماسٹر جنرل کو خط لکھیے کہ یہ سہولتیں فراہم کی جائیں۔

Vocabulary ذخیرۂ الفاظ

Department	*Muhkamah*	مُحکَمَہ
To send	*Bhayjnaa*	بھیجنَا
Scale, Balance	*Taraazoo*	تَرَازُو
Postage stamps	*Daak Tikat*	ڈاک ٹِکَٹ
Letters	*Khat*	خَط
Time, Turn	*Daf'ah*	دَفعَہ
Signature	*Dast Khat*	دَستخَط
Postman	*Daakiyaa*	ڈاکِیا
Letter box	*Daak kaa dibba*	ڈاک کا ڈِبّا

اٹلانٹا میں صد سالہ اولمپک کھیلوں کی افتتاحی تقریب

Lesson No. 18 | **سبق نمبر 18**

کھیلوں کے عالمی مقابلے

Khaylaun̄ kay Aalāmee Muqaablay

World Sport Events

حادثات اور اہم واقعات یوں تو ہر شخص کی زندگی میں پیش آتے ہیں لیکن بعض واقعات پوری دنیا کے لوگوں کے لیے اہمیت اور دلچسپی کا باعث ہوتے ہیں۔ اس سبق میں آپ چند ایسے اہم واقعات کے بارے میں پڑھیں گے جن کا تعلق کھیلوں سے ہے۔

کھیل بچے، بوڑھے، عورت اور مرد ہر ایک کے لیے دلچسپی اور تفریح کا ذریعہ ہیں۔ کھیلوں سے نہ صرف جسم تندرست رہتا ہے بلکہ انسانوں کے درمیان دوستی اور بھائی چارہ بھی بڑھتا ہے۔ کھیلوں کے عالمی مقابلوں کا مقصد یہی ہے کہ مختلف ملکوں اور قوموں کے درمیان دوستی اور بھائی چارے کو فروغ دیا جائے اور ان کھلاڑیوں کی محنت اور مہارت کا اعتراف کیا جائے جو دوسروں سے آگے ہیں۔

Olympic Games اولمپک کھیل

خیال کیا جاتا ہے کہ اولمپک کھیلوں کا آغاز اب سے تقریباً ساڑھے تین ہزار برس پہلے 1370 قبل مسیح (ق۔م) میں ہو چکا تھا۔ یونان کی تاریخ میں کھیلوں کے کم از کم چار مقابلوں کا تذکرہ ملتا ہے۔ ان میں سب سے زیادہ مقبول اولمپک کھیل تھے۔ قدیم اولمپک کا آغاز 776 ق۔م میں یونان سے ہوا۔

472 قبل مسیح تک اولمپک کھیلوں کا انعقاد صرف ایک دن ہوتا تھا لیکن پھر یہ چار پانچ دنوں تک جاری رہنے لگے۔ ابتدا میں خواتین کو نہ صرف ان کھیلوں میں حصہ لینے کی اجازت نہیں تھی بلکہ ان کے کھیل دیکھنے پر بھی سخت پابندی عائد تھی۔ اس پابندی کی خلاف ورزی کی سزا موت تھی۔

جدید اولمپک کھیلوں کا آغاز 1896ء سے ہوا۔ جدید اولمپک بھی قدیم اولمپک کھیلوں کی طرح ہر چوتھے برس منعقد کیے جاتے ہیں۔ قدیم اولمپک کھیلوں میں فاتح کھلاڑیوں کو زیتون کی شاخ یا شاخوں سے بنا ہوا تاج بطور انعام دیا جاتا تھا لیکن 1896ء میں ایتھنز کے جدید اولمپک کھیلوں میں اوّل اور دوم آنے والے کھلاڑیوں کو تمغے دینے کا سلسلہ شروع ہوا جو ابھی تک جاری ہے۔

اولمپک پرچم پر ایک دوسرے میں پیوست پانچ مختلف رنگوں (نیلا، زرد، سیاہ، سبز اور سرخ) کے دائرے اس طرح بنائے گئے ہیں کہ تین اوپر اور دو نیچے کی جانب نظر آتے ہیں۔

1996ء تک جدید اولمپک کھیلوں کے 26 مقابلے منعقد ہو چکے تھے۔ پہلے اولمپک کھیل یونان کے شہر ایتھنز میں 6 تا 15 اپریل 1896ء میں ہوئے۔ بیسویں صدی کے آخری اولمپک کھیل 1996ء میں امریکہ کے شہر اٹلانٹا میں ہوئے۔ یہ اولمپک اس اعتبار سے بڑے اہم تھے کہ ان مقابلوں کو "صد سالہ اولمپکس" قرار دیا گیا تھا۔ جولائی 1996ء کے اولمپک مقابلوں میں دنیا بھر کے 195 ممالک کے 9679 کھلاڑیوں کی ریکارڈ تعداد نے حصہ لیا۔

اولمپک کھیلوں کے اہم ریکارڈ / واقعات

چیکوسلوواکیہ کی ویرا سلاوسکا اولمپک کھیلوں کی سو سالہ تاریخ میں جمناسٹک کے انفرادی مقابلوں میں سونے کے سب سے زیادہ تمغے حاصل کرنے والی خاتون ہیں۔ انہوں نے مجموعی طور پر سونے کے سات اور چاندی کے چار تمغے جیتے۔

1960ء کے روم اولمپک میں ایتھوپیا کے ایک غیر معروف ایتھلیٹ ابے بے بکی لا نے ننگے پیروں سے میراتھن جیت کر پوری دنیا کو حیران کر دیا تھا۔ 1964ء کے ٹوکیو اولمپک میں انہوں نے اپنے ہی قائم کردہ عالمی ریکارڈ کو توڑا۔

کارل لیوس نے 1984ء کے اولمپک میں چار ایونٹس میں کامیابی حاصل کی انہوں نے سو اور دو سو میٹرز، لانگ جمپ اور 100x4 میٹرز ریلے میں اپنی بہترین صلاحیتوں کو منوایا۔

عالمی فٹ بال کپ World Cup Football

فٹ بال کا بین الاقوامی مقابلہ ہر چار سال کے بعد منعقد ہوتا ہے۔ عالمی فٹ بال کپ ٹرافی، فیڈریشن انٹرنیشنل دی فٹ بال ایسوسی ایشنز یعنی "فیفا" کی جانب سے پیش کی جاتی ہے۔

فٹ بال کے حلقوں میں عالمی کپ کی بڑی اہمیت ہے، یوں تو اولمپک کھیلوں میں بھی فٹ بال کھیلی جاتی ہے لیکن فٹ بال کا عالمی چیمپئن اسی ملک کو سمجھا جاتا ہے جس نے عالمی کپ جیتا ہو۔ فٹ بال کا آغاز 13 ویں صدی عیسوی ہی میں ہو چکا تھا لیکن 1866ء سے اس کھیل کے اصول و ضوابط مقرر کرنے کا رواج ہوا۔ 1930ء میں یوراگوئے میں

پہلی مرتبہ عالمی کپ فٹ بال ٹورنامنٹ کا انعقاد ہوا۔اس پہلے عالمی کپ میں یورپ سے صرف چار ٹیموں فرانس، بلجیم، یوگوسلاویہ اور رومانیہ نے شرکت کی۔

پہلے عالمی فٹ کپ کا فائنل یوراگوئے اور ارجنٹائن کی فٹ بال ٹیموں کے درمیان کھیلا گیا۔ یوراگوئے کی ٹیم نے 2 کے مقابلے میں 4 گول سے یہ مقابلہ جیت کر ٹرافی اور 50 ہزار فرانک کی انعامی رقم حاصل کی۔

1994ء میں پندرہواں عالمی کپ امریکا میں کھیلا گیا، اس میں تماشائیوں کی تعداد 35 لاکھ 67 ہزار 415 تھی جو کسی بھی عالمی کپ میں تماشائیوں کی تعداد کا ایک ریکارڈ ہے۔

عالمی فٹ بال کپ کا جو ٹورنامنٹ جون 98ء میں فرانس میں ہوا وہ نہ صرف بیسوی صدی کا آخری عالمی کپ تھا بلکہ ٹیموں کی شرکت کے حوالے سے بھی یہ ایک ریکارڈ ٹورنامنٹ رہا۔ اس میں 32 ممالک نے حصہ لیا۔ یہ ٹورنامنٹ فرانس نے جیتا تھا۔1998 تک سب سے زیادہ یعنی چار مرتبہ برازیل نے عالمی فٹ بال میں کامیابی حاصل کی جو ریکارڈ ہے۔

عالمی کرکٹ کپ World Cup Cricket

"عالمی کرکٹ کپ" کرکٹ کی تاریخ کا سب سے بڑا مقابلہ ہے جو ہر چار سال کے بعد منعقد ہوتا ہے۔ 1975ء میں پہلی مرتبہ یہ ٹورنامنٹ برطانیہ کے مختلف میدانوں میں کھیلا گیا۔

ویسٹ انڈیز کی کرکٹ ٹیم نے دو مرتبہ 1975ء اور 1979ء میں عالمی کرکٹ کپ جیتا۔ پاکستان کے جاوید میانداد کو مسلسل چھ عالمی کپ مقابلوں میں شرکت کا اعزاز حاصل ہے۔ اسی طرح عالمی کپ کرکٹ میں بحیثیت وکٹ کیپر سب سے زیادہ کیچز پکڑنے والوں کی فہرست میں ویسٹ انڈیز کے جیفری ڈوجان نمایاں ہیں۔ پاکستان کے رمیز راجہ، ویسٹ انڈیز کے ویون رچرڈز اور آسٹریلیا کے مارک وا تین سینچریاں بنا کر عالمی کرکٹ کپ میں سرفہرست ہیں۔

عالمی کرکٹ کپ میں 500 سے زائد رنز بنانے اور کم از کم 10 وکٹیں لے کر بہترین عمدہ آل راؤنڈ کارکردگی کا مظاہرہ کرنے والے چار کھلاڑی ہیں۔ ان میں ویسٹ انڈیز کے ویون رچرڈز، پاکستان کے عمران خان، بھارت کے کپل دیو اور آسٹریلیا کے اسٹیو وا شامل ہیں۔

بیسویں صدی کا آخری اور ساتواں عالمی کرکٹ کپ 1999ء میں برطانیہ میں منعقد ہوا۔ اس ٹورنامنٹ میں بنگلہ دیش اور اسکاٹ لینڈ کی کرکٹ ٹیموں نے پہلی بار شرکت کی۔ پاکستان کے عمران خان، جاوید میانداد اور وسیم اکرم، بھارت کے سچن ٹنڈولکر اور اظہر الدین، جنوبی افریقہ کے ہنسی کرونیے اور ایلن ڈونلڈ، ویسٹ انڈیز کے برائن لارا، برطانیہ کے ایلیک اسٹیورٹ، سری لنکا کے جے سوریا اور اروندا ڈی سلوا اپنی مثالی کارکردگی کے باعث عالمی کرکٹ کپ مقابلوں کے ہیرو رہے ہیں۔

ٹینس Tennis

لان ٹینس کو عرف عام میں ٹینس بھی کہا جاتا ہے۔ یہ کھیل 1873ء میں برطانوی فوج کے ایک میجر والٹر کلوپٹن

ونگ فیلڈ نے 40 برس کی عمر میں ایجاد کیا۔ تاہم بعض افراد برمنگھم میں واقع ایک نواحی بستی ایجسٹن کو ٹینس کی جائے پیدائش قرار دیتے ہیں۔ ٹینس کے یوں تو ہر سال مختلف مقابلے ہوتے ہیں لیکن ومبلڈن چیمپئن شپ کو دنیا بھر میں اہم ترین چیمپئن شپ کا درجہ حاصل ہے۔ ومبلڈن مقابلوں کا باقاعدہ آغاز 1877ء میں ہوا۔ اس وقت صرف مردوں کے انفرادی مقابلے ہوئے تھے۔ 1976ء میں ومبلڈن کی صد سالہ چیمپئن شپ بھی ہو چکی ہے جسے سویڈن کے شہرہ آفاق کھلاڑی یو آن بورگ نے جیتا۔ انگلستان کے ولیم این شا کو یہ ممتاز حیثیت حاصل ہے کہ انہوں نے سات مرتبہ ومبلڈن سنگلز چیمپئن شپ جیتی ہے۔

ومبلڈن میں خواتین کے مقابلوں کا آغاز 1884ء میں ہوا جس میں برطانیہ کی ماؤڈ واٹسن کامیاب رہیں۔ انہوں نے 1885ء میں بھی اپنا اعزاز برقرار رکھا۔

برطانیہ کی لوٹی ڈوڈ نے 1887ء میں ومبلڈن کی تاریخ میں سب سے کم عمر خاتون چیمپئن ہونے کا اعزاز حاصل کیا۔ انہوں نے یہ ریکارڈ 15 سال اور 285 دن کی عمر میں قائم کیا۔

امریکی کھلاڑی پیٹ سمپراس ٹینس کی دنیا میں مجموعی طور پر 54 ٹائٹلز جیت کر اوّل درجے پر ہیں۔

خواتین کھلاڑیوں میں کم عمر مارٹینا ہنگز کا نام کسی تعارف کا محتاج نہیں ہے۔ چیکوسلواکیہ سے تعلق رکھنے والی اس جواں سال کھلاڑی نے جب 25 جنوری 1997ء کو آسٹریلین اوپن چیمپئن شپ جیتی تو اس روز اس کی عمر صرف 16 سال 3 ماہ اور 26 دن تھی۔ مارٹینا ہنگز اور اسٹیفی گراف ٹینس کی نامور کھلاڑی رہی ہیں۔

عالمی ہاکی کپ World Cup Hockey

ہاکی کا یہ مقابلہ ہر چار سال کے وقفے کے بعد منعقد کیا جاتا ہے۔ پہلا عالمی کپ 1971ء میں اسپین کے شہر بارسلونا میں کھیلا گیا جو پاکستان نے جیتا۔

بیسوی صدی میں عالمی ہاکی کپ کا آخری مقابلہ 1998ء میں ہالینڈ میں ہوا جس میں ہالینڈ نے اسپین کو 2-3 سے ہرایا۔ 1998ء تک منعقد ہونے والے نو عالمی ہاکی کپ مقابلوں میں ہالینڈ کی ٹیم نے تین مرتبہ، بھارت اور آسٹریلیا کی ٹیموں نے ایک ایک مرتبہ جبکہ پاکستان کی ٹیم نے چار مرتبہ یہ اعزاز حاصل کیا۔

اسکواش Squash

برٹش اوپن کو اسکواش میں وہی مقام حاصل ہے جو ومبلڈن کو ٹینس میں ہے۔ برٹش اوپن کے مقابلے برطانیہ میں ہر سال اپریل کے مہینے میں ہوتے ہیں۔ اسکواش کی یہ چیمپئن شپ 1931ء میں شروع ہوئی۔ برطانیہ کے ڈی۔جی بوچر مسلسل دو برس تک اس مقابلے کے فاتح رہے۔

اسکواش کے عالمی مقابلوں میں پاکستانی کھلاڑیوں نے شاندار کامیابیاں حاصل کی ہیں۔ 1951ء میں پاکستان کے

ہاشم خان نے پہلی مرتبہ برٹش اوپن میں کامیابی حاصل کی۔ وہ 1956ء تک مسلسل چھ مرتبہ چیمپئن رہے۔ 1957ء میں یہ اعزاز ہاشم خان کے بھائی روشن خان کے حصے میں آیا۔ 1958ء میں ہاشم خان نے ایک بار پھر برٹش اوپن جیتی۔ 1959ء سے 1962ء تک ان کے ایک اور بھائی اعظم اور پھر 1963ء میں محبّ اللہ خان سینئر برٹش اوپن اسکواش کے چیمپئن رہے۔

1982ء میں پہلی بار روشن خان کے ایک بیٹے جہانگیر خان نے برٹش اوپن میں شرکت کی اور کامیاب ہوئے۔ جہانگیر خان مسلسل دس برس تک برٹش اوپن کے فاتح رہے۔ یہ اعزاز ان ہی کے ہم وطن جان شیر خان کے پاس 1992ء سے 1998ء تک مسلسل سات سال رہا۔

AT3 L4/5

Exercise A:

مشق الف:

Answer the following questions:

مندرجہ ذیل سوالوں کے جواب دیجیے:

1. Why are games necessary for us?

1- کھیل ہمارے لیے کیوں ضروری ہیں؟

2. Which are the most popular games in the world?

2- کون سے مقابلے دنیا میں سب سے زیادہ مشہور ہیں؟

3. What do you know about the modern Olympic games?

3- جدید اولمپک کھیلوں کے بارے میں آپ کیا جانتے ہیں؟

4. What is the World Football Cup? Write at least five sentences.

4- عالمی فٹ بال کپ کیا ہے؟ کم از کم پانچ جملے لکھیے۔

5. Write briefly what do you know about the men's and women's tournaments at Wimbledon ?

5- ومبلڈن ٹینس میں مردوں اور خواتین کے مقابلوں کے بارے میں آپ کو کیا معلوم ہے؟ مختصراً لکھیے۔

6. What are the famous Pakistani names in the world of Squash?

6- اسکواش کی دنیا میں پاکستان کے کون کون سے کھلاڑی مشہور ہیں؟

7. What are the colours of the circles on the Olympic flag?

7- اولمپک پرچم پر کن رنگوں کے دائرے ہوتے ہیں؟

AT4 L3/4

Exercise B:

مشق ب:

If you have seen any world sports event, describe it in at least fifty words.

اگر آپ نے کسی عالمی کھیل کا مقابلہ دیکھا ہے تو اس کا حال کم از کم پچاس الفاظ میں لکھیے۔

AT2 L3/4

AT4 L3/4

Exercise C:

مشق ج:

You belong to Srilanka and your friend Ali is from Pakistan. Have a dialogue appreciating the teams of your country and then write it in your answer book.

آپ کا تعلق سری لنکا سے ہے اور آپ کا دوست علی پاکستانی باشندہ ہے۔ اپنی اپنی کرکٹ ٹیموں کی تعریف میں دونوں گفتگو کیجیے۔ اور پھر اسے اپنی کاپی میں لکھیے۔

AT4 L2

Exercise D:

مشق د:

Collect information about the following games and write them in their relevant columns.

مندرجہ ذیل کھیلوں کے بارے میں معلومات حاصل کر کے ان کے سامنے خانوں میں لکھیے۔

نمبر	کھیل	کہاں کھیلتے ہیں	کھلاڑیوں کی تعداد	ضروری سامان
1	کرکٹ	میدان		
2	ہاکی			
3	فٹ بال			
4	ٹینس			
5	اسکواش			
6	ٹیبل ٹینس			

AT4 L4

Exercise E:

مشق ہ:

Write an essay of about 100 words on Olympic Games.

اولمپک کھلوں پر تقریباً سو الفاظ کا ایک مضمون لکھیے۔

Vocabulary ذخیرۂ الفاظ

International, Worldwide	*Aalamee*	عَالَمِی
Brotherhood, Fraternity	*Bhaa-ee-Chaaraa*	بَھائِی چَارَا
Expertise	*Mahaarat*	مَہارَت
Before Christ (B.C.)	*Qabl-e-Maseeh*	قَبلِ مَسِیح (ق-م)
Prohibition	*Paabandee*	پَابَندِی
Medal	*Tamghah*	تَمغَہ
Individually	*Infiraadee*	اِنفِرَادِی
Unknown	*Ghair Ma'roof*	غَیر مَعرُوف
Olive	*Zaitoon*	زَیتُون
Branch	*Shaakh*	شَاخ
Crown	*Taaj*	تَاج
To occur, To take place	*Muna'qid Honaa*	مُنعَقِد ہونَا
Rules and regulations	*Usool-o-Zawaabit*	اُصُول و ضَوَابِط
Audience, Attendants	*Tamaashaa-ee*	تَماشَائِی
Deprived	*Mahroom*	مَحرُوم
Decade	*Dahaa-ee*	دَہائِی
Head, Leader	*Sarbaraah*	سَربَراہ
Donation, Grant	*Atee-yah*	عَطِیَّہ
Inauguration, Openning	*Iftitaah*	اِفتِتَاح
Honour, Title	*Ae'zaaz*	اِعزَاز
Efficiency	*Kaarkardgee*	کَارکَردگِی
Pride	*Fakhr*	فَخر
Compatriot, Fellow citizen	*Ham Watan*	ہَم وَطَن

الفاظ کا کھیل

Word Game

■	■	6 ی	5	4 ا	3	2 م	1	■	■
14 ا	13	■	12 ر	11	10 ا	9	■	8	7 ک
22	21 ا	20	■	19 ر	18	■	17	16 و	15
28 ب	27	■	26 ت	■	■	25 ک	■	24	23 ر
■	■	34 ن	33	32	31 ت	30	29	■	■
■	■	40	39	38	37	36	35 ا	■	■
46	45 ج	■	44 ل	■	■	43 ی	■	42	41 ن
54 د	53	52 ش	■	51	50 ت	■	49	48 ل	47
62	61 گ	■	60 ی	59	58	57 ت	■	56	55 ر
■	■	68 ن	67	66	65 ت	64	63 ا	■	■

خاکے کے خالی خانوں میں مناسب حرف بھر کر لفظ مکمل کریں۔ ان الفاظ کے ہم معنی الفاظ نیچے دیے گئے اشاروں میں موجود ہیں۔ ''ی'' کو ''ے'' کی طرح بھی استعمال کر سکتے ہیں۔

اشارے

دائیں سے بائیں

1- راستہ بھول جانا، بے دین ہو جانا
7- تھوڑا، ذرا سا
9- تجارت کرنے والا
13- جانے کا حکم۔ جگہ
15- دوسرا، یا، دو لفظوں کو ملانے والا لفظ
18- سونا، دولت
20- جھیل یا دریا کا دوسرا کنارہ، آخری حد
23- موسم
27- ہونٹ
29- اچار رکھنے کا مٹی کا برتن
35- اسلام کی خصوصیات رکھنے والا
41- نہیں
45- جس وقت
47- ناانصافی، ستم
50- لعنت، ملامت
52- خوش
55- نس، جسم میں خون کی نالی
57- چھوٹا تختہ، لکڑی کا چھوٹا تختہ جس پر بچے لکھتے ہیں
61- اصول، نکتہ
63- آزمائش

اوپر سے نیچے

2- نہیں، عقل
3- بھید، وہ بات جو چھپائی جائے
4- بدلہ
5- سب، ایک
7- کام، ایک قسم کی گاڑی
8- وفات
13- پھندا، سوراخوں والی چیز
14- سو کروڑ، بلین
25- بیٹھنے کے لیے فرنیچر، مسند
26- جنوبی ہند میں بولی جانے والی ایک زبان
29- جو، جو کچھ
31- ایک قسم کے بیج جن سے تیل نکلتا ہے
32- ساتھ، مطابق
34- بانسری، حقے کی نالی
41- نگاہ
42- علیحدہ، جدا
45- بیداری، جاگنا
46- چودھویں کا چاند
50- بادشاہ کے بیٹھنے کی چوکی، مسند
51- جیت، کامیابی
57- تو۔ آپ
60- اے، اجی، دو چیزوں کو الگ کرنے کا کلمہ

حل

دائیں سے بائیں

1-گمراہی، 7-کم، 9-تاجر، 13-جا، 15-اور، 18-زر، 20-پار، 23-رت، 27-تب، 28-مرتبان، 35-اسلامی، 41-نا، 45-جب، 47-ظلم، 50-تف، 52-شاد، 55-رگ، 57-تختی، 61-گر، 63-امتحان

اوپر سے نیچے

2-مت، 3-راز، 4-اجر، 5-پر، 7-کار، 8-موت، 13-جال، 14-ارب، 25-کرسی، 26-تامل، 29-ما، 31-تل، 32-با، 34-نے، 41-نظر، 42-الگ، 45-جاگ، 46-بدر، 50-تخت، 51-ختم، 57-تم، 60-یا

Lesson No. 19 سبق نمبر 19

اردو زبان

Urdoo Zābaan

Urdu Language

جان کے گھر بھارت سے جو مہمان آئے ان میں سعد اس کا ہم عمر تھا۔ رات کے کھانے کے بعد جان سعد کو اس کے کمرے تک چھوڑنے گیا تو اس نے جان کو کچھ دیر اپنے پاس روک لیا۔ سب سے پہلے سعد نے اسے ایک مختصر ڈرامے کا وڈیو کیسٹ چلا کر دکھایا۔ جان نے اس سے کہا۔ ”تم جو اردو بولتے ہو، اس ڈرامے کی اردو اس سے مختلف ہے“۔

سعد: یہ اردو کا نہیں، ہندی کا ڈراما ہے۔

جان: تو کیا ہندی اور اردو ایک ہی زبان کے دو نام نہیں ہیں؟

سعد: نہیں ان میں بہت سے الفاظ مختلف ہیں۔ دونوں زبانیں لکھنے میں تو بڑا فرق ہے۔

جان: وہ کیسے؟

سعد: انگریزی کی طرح ہندی بائیں سے دائیں جانب لکھی جاتی ہے۔

جان: اور اردو؟

سعد: اردو کو عربی اور فارسی کی طرح دائیں طرف سے بائیں طرف لکھا جاتا ہے۔

جان: اچھا؟ کیا اردو صرف بھارت میں بولی جاتی ہے۔

سعد: نہیں، یہ بھارت اور پاکستان میں سب سے زیادہ بولی جاتی ہے بلکہ پاکستان میں تو اردو قومی اور سرکاری زبان ہے۔

جان: پھر تو اردو بولنے والوں کی تعداد بہت زیادہ ہو گی ؟

سعد: اور کیا، اردو بولنے اور سمجھنے والے کروڑوں کی تعداد میں دنیا کے ہر ملک میں پھیلے ہوئے ہیں۔ اقوام متحدہ کے ادارے یونیسکو (UNESCO) کے مطابق اردو کا شمار دنیا کی پانچ بڑی زبانوں میں ہوتا ہے۔ چین، جاپان، برطانیہ، روس اور امریکا جیسے ممالک میں یونیورسٹی کی سطح تک اردو کی اعلیٰ تعلیم کا انتظام ہے۔

جان: ہاں، میں نے سنا ہے کہ پاکستان اور بھارت کے علاوہ کئی دوسرے ملکوں میں بھی اردو کے اخبارات اور رسالے شائع ہوتے ہیں۔

سعد: کیوں نہیں؟ یہ دیکھو میرے پاس سعودی عرب، امریکا اور برطانیہ کے اردو اخبارات ہیں۔

جان: واقعی؟ ذرا دکھاؤ۔ ارے واہ بڑی عمدہ چھپائی ہے، کیا اردو میں بھی شعر و شاعری ہوتی ہے۔

سعد: بالکل، ہر بڑی زبان کی طرح اردو زبان میں بھی نثر اور نظم، دونوں حصے ہوتے ہیں۔ نثر میں عام سائنسی، معلوماتی، تاریخی و مذہبی مضامین کے علاوہ افسانے، ناول، ڈرامے، انشائیے اور کئی قسم کی تحریریں ہوتی ہیں۔

جان: اور نظم میں ؟

سعد: نظم میں بے شمار چیزیں ہوتی ہیں مثلاً حمد، نعت، مرثیہ، غزل، قصیدہ، مثنوی، رباعی، قطعہ وغیرہ۔

جان: اس کا مطلب تو یہ ہوا کہ اردو دنیا کی ترقی یافتہ زبانوں میں سے ایک ہے۔

سعد: ٹھیک کہتے ہو، اسی لیے دنیا بھر کے ریڈیو اور ٹی وی اسٹیشن کے مختلف چینل اردو کے پروگرام باقاعدگی سے پیش کرتے ہیں۔

جان: پھر تو مجھے یہ زبان پوری طرح سیکھنی پڑے گی۔

سعد: بہت خوب، اچھا فیصلہ ہے تمہارا۔ ابھی سے شروع کر دو۔ چلو ٹی وی پر بی بی سی کی اردو نشریات سنتے ہیں۔

جان: پھر تو میرے کمرے میں چلنا ہوگا۔ وہاں بی بی سی بہت صاف نظر آتا ہے۔

سعد: کوئی بات نہیں۔ کچھ دیر وہیں چل کر بیٹھ جائیں گے۔

جان: یار سعد، یوں تو مجھے تمام زبانیں پسند ہیں لیکن اردو سے خصوصی دلچسپی ہے۔

سعد: شکریہ دوست کہ تمہیں ہماری زبان اچھی لگتی ہے۔

AT2 L4/5

Exercise A: مشق الف :

Make groups of four students each in the class room and tell Urdu tales to one another.

کلاس میں چار چار طالب علموں کے گروپ بنا کر ایک دوسرے کو اردو کی کہانیاں سنائیے۔

AT4 L4

Exercise B: مشق ب :

Write any one story in Urdu.

کسی ایک کہانی کو اردو میں لکھیے۔

AT3 L4/5

Exercise C: مشق ج:

Answer the following questions: مندرجہ ذیل سوالوں کے جواب دیجیے:

1. What was the language of the play shown by Saad to John? 1- سعد نے جان کو کس زبان کا ڈراما دکھایا؟
2. What is the difference between Urdu and Hindi? 2- اردو اور ہندی میں کیا فرق ہے؟
3. In which countries is Urdu language spoken and understood? 3- اردو زبان کن کن ملکوں میں بولی اور سمجھی جاتی ہے؟
4. What are the types of prose written in Urdu? 4- اردو میں کس قسم کی نثر لکھی جاتی ہے؟
5. Describe different forms of Urdu poetry. 5- اردو میں نظم کی کچھ قسمیں بتایئے۔

AT4 L2

Exercise D: مشق د:

Fill in the blanks: خالی جگہ پر کیجیے:

1- سعد کا دوست جان اس کا...... تھا۔ (ہم جماعت، ہم عمر، پڑوسی)

2- اردو اور ہندی...... میں بہت فرق ہے۔ (بولنے، لکھنے، سننے)

3- اردو کا شمار دنیا کی...... بڑی زبانوں میں ہوتا ہے۔ (پانچ، سات، نو)

4- اردو میں نثر اور...... دونوں ہوتی ہیں۔ (کہانی، نظم، پہیلی)

5- دنیا کے مختلف ریڈیو اور ٹی وی اسٹیشن اردو پروگرام...... سے پیش کرتے ہیں۔ (باقاعدگی، بے قاعدگی، آسانی)

Exercise E: مشق ہ:

Put short vowels on the following words: مندرجہ ذیل الفاظ پر اعراب لگایئے۔

مہمان۔ الفاظ۔ عربی۔ فارسی۔ تعداد۔ اقوام۔ متحدہ۔ شروع۔ عمدہ۔ نعت۔
مرثیہ۔ رباعی۔ قطعہ۔ مختلف۔ نشریات

Exercise F: **مشق و:**

Translate in Urdu any one of the English poems which you have learnt by heart.

آپ کو جو بھی انگریزی نظم یاد ہے اس کا اردو میں ترجمہ کیجیے۔

Vocabulary ذخیرۂ الفاظ

Of the same age	*Ham umr*	ہَم عُمر
To detain, Ask to stay	*Roaknaa*	رُوکنَا
National	*Qaumee*	قَومِی
Official	*Sarkaaree*	سَرکارِی
10 million	*Kiroar*	کِرُوڑ
Level	*Satah*	سَطَح
Magazines	*Risaalay*	رِسَالے
To be published	*Shaa-e' hoanaa*	شَائِع ہُونَا
Printing	*Chhapaa-ee*	چھَپَائِی
Verse (of a poem)	*Shay-e'r*	شِعر
Poetry	*Shaa-e'ree*	شَاعِری
Short story	*Afsaanah*	اَفسَانَہ
A kind of essay, diction	*Inshaa-iyyah*	اِنشَائِیَّہ
Broadcast, Telecasting	*Nashriyaat*	نَشرِیَات

Lesson No. 20 سبق نمبر20

گرونانک

Groo Naanāk
Guru Nanak

رمیش: ارے بھئی بلونت سنگھ، دو ہفتے سے کہاں غائب تھے؟ اسکول بھی نہیں آئے۔
بلونت: ہاں یار، ذرا پاکستان گیا ہوا تھا۔
رمیش: اکیلے؟
بلونت: نہیں، اپنے والدین کے ساتھ گیا تھا۔
رمیش: کیوں بھئی، خیر تو تھی۔
بلونت: ہاں بالکل خیر خیریت تھی۔ ننکانہ صاحب کی زیارت کا پروگرام تھا۔
رمیش: ننکانہ صاحب؟ یہ کون بزرگ ہیں؟
بلونت: یہ کسی بزرگ کا نہیں، ایک گاؤں کا نام ہے جو پاکستان کے تاریخی شہر لاہور سے چالیس میل کے فاصلے پر ہے۔
رمیش: وہاں جانا کیا ضروری تھا؟
بلونت: بھائی رمیش، ہمارے سکھ مذہب کے بانی گرونانک اسی گاؤں میں پیدا ہوئے تھے۔ پہلے اس گاؤں کا نام رائے بھائی تلونڈی تھا۔ اب اس گاؤں کا نام گرونانک کے نام پر ننکانہ صاحب ہے۔ یہاں ایک خوبصورت مندر بھی ہے جسے ہم گردوارہ کہتے ہیں۔
رمیش: یار بلونت اپنے مذہب اور گرونانک کے بارے میں کچھ اور بتاؤ۔
بلونت: اچھا تو غور سے سنو۔ سکھ مذہب کے بانی 1469ء میں پیدا ہوئے۔ ان کے باپ کا نام کالو مہتا تھا۔ وہ کائستھ ذات بیدی سے تعلق رکھتے تھے اور پیشے کے لحاظ سے پٹواری تھے۔ گرونانک نے ہندو طریقے سے تعلیم حاصل کی اور اسلام کو بھی پڑھا۔ کچھ عرصے کے لیے وہ سلطان پور کے ایک افغان سردار کے اکاؤنٹنٹ رہے۔ وہاں

انہیں دو دوست ملے۔ یہ تینوں مل کر مذہبی گیت لکھتے اور گاتے۔ کچھ لوگوں نے انہیں زمین کا ایک ٹکڑا دے دیا جہاں انہوں نے دھرم شالہ بنایا۔ یہاں پر ہر مذہب کا آدمی آکر رہ سکتا تھا اور مسلمان اور ہندو ایک ساتھ کھانا کھاتے تھے۔

رمیش: پھر وہ اتنے اونچے مقام تک کیسے پہنچے؟

بلونت: سلطان پور میں گرونانک کو پہلی مرتبہ خدا کا گیان حاصل ہوا۔ انہیں حکم ملا کہ وہ لوگوں کو انسانوں کی خدمت کا سبق دیں۔ ایک مرتبہ وہ ایک ندی میں نہاتے ہوئے غائب ہوگئے۔ تین دن بعد نکلے تو ان کی زبان پر تھا: "کوئی ہندو نہیں، کوئی مسلمان نہیں"۔ یعنی سب کو آپس میں مل جل کر رہنا چاہیے۔ انہوں نے اپنی زندگی کے آخری سال میں کرتارپور (ہندوستان) میں بھی ایک دھرم شالہ بنایا۔

رمیش: کیا وہ ساری عمر ایک ہی جگہ رہے؟

بلونت: نہیں، گرونانک نے سکھوں کی روایت کے مطابق چار بڑے سفر کیے، مشرق میں آسام تک، جنوب میں تامل اور سری لنکا تک۔ شمال میں لداخ اور تبت تک اور مغرب میں بغداد (عراق) اور مکہ، مدینہ (سعودی عرب) تک۔

رمیش: گرونانک کا انتقال کب ہوا؟

بلونت: یہ نیک انسان 1539ء میں اس دنیا سے رخصت ہوگئے۔

رمیش: گرو کے معنی کیا ہیں؟

بلونت: گرو استاد کو کہتے ہیں۔ یہ لفظ پیر اور بزرگ کے معنی میں بھی استعمال ہوتا ہے۔ سکھ مذہب کے دس گرو مانے جاتے ہیں۔ گرونانک ان میں سب سے پہلے ہیں۔

رمیش: گرونانک کا اصل پیغام کیا ہے؟

بلونت: گرونانک کا پیغام امن اور انسان دوستی کا پیغام ہے۔ ان کا کہنا ہے کہ ساری دنیا ایک خدا کی بنائی ہوئی ہے۔ تمام انسان اس کے بندے ہیں اور اس کی نظر میں سب برابر ہیں۔ یہ ساری باتیں سکھوں کی مذہبی کتاب گرنتھ صاحب میں لکھی ہوئی ہیں۔ یہ بھارت کے شہر امرتسر میں واقع سکھوں کے بڑے گردوارے گولڈن ٹیمپل میں رکھی ہوئی ہے۔

گولڈن ٹیمپل، امرتسر

رمیش: اچھا تو لفظ سکھ کے کیا معنی ہیں ؟

بلونت: لفظ سکھ "شش" سے نکلا ہے جس کے معنی چیلا یا شاگرد کے ہیں۔

رمیش: سکھوں کی کچھ خصوصیات بتاؤ۔

بلونت: سکھ اپنی پانچ چیزوں سے پہچانے جاتے ہیں جن کے نام کاف (ک) سے شروع ہوتے ہیں۔

رمیش: وہ پانچ چیزیں کیا کیا ہیں ؟

بلونت: کیس یعنی سر اور داڑھی کے بغیر کٹے بال، کچھ یعنی جانگیا، کڑا یعنی لوہے کی چوڑی، کرپان یعنی سیدھی تلوار اور کنگھا۔ اور ہاں، میں یہ تو بتانا بھول ہی گیا کہ سکھوں کے گردواروں میں ہر نسل اور مذہب کے لوگوں کو خوش آمدید کہا جاتا ہے۔

AT3 L5

Exercise A:	**مشق الف:**
Answer the following questions:	مندرجہ ذیل سوالوں کے جواب دیجیے
1. About how many years ago was Guru Nanak born?	1- گرونانک تقریباً کتنے سال پہلے پیدا ہوئے تھے ؟
2. In which village and country was Guru Nanak born?	2- گرو نانک کس گاؤں میں پیدا ہوئے تھے ؟ وہ گاؤں کہاں واقع ہے ؟
3. What was the name and profession of Guru Nanak's father?	3- گرو نانک کے باپ کا کیا نام تھا اور وہ کیا کام کرتے تھے ؟
4. Where was Guru Nanak employed and in what profession?	4- گرونانک نے سب سے پہلی نوکری کون سی اور کہاں کی ؟
5. What message did Guru Nanak receive from God?	5- گرونانک کو خدا کی طرف سے کیا پیغام ملا؟
6. When did Guru Nanak die?	6- گرونانک کا انتقال کب ہوا؟
7. What was Guru Nanak's meassage to the people?	7- گرونانک نے لوگوں کو کیا پیغام دیا؟
8. What is the Sikh's holy book called and where is it kept?	8- سکھوں کی مذہبی کتاب کا کیا نام ہے اور وہ کہاں رکھی ہوئی ہے ؟
9. Sikhs are recognised by five things, what are they?	9- سکھ کن پانچ چیزوں سے پہچانے جاتے ہیں ؟
10. What is meant by Guru and Sikh?	10- گرو اور سکھ کے معنی کیا ہیں ؟

AT4 L2

Exercise B:

Fill in the blanks:

مشق ب:

خالی جگہ پر کیجیے:

1- ننکانہ صاحب کا پرانا نام .... تھا۔

2- گرونانک کو .... میں پہلی مرتبہ خدا کا گیان حاصل ہوا۔

3- انہیں حکم ملا کہ وہ انسانوں کی .... کا سبق دیں۔

4- ایک مرتبہ گرونانک ندی میں نہاتے ہوئے .... ہوگئے۔

5- گرونانک نے .... بڑے سفر کیے۔

6- گرونانک کا پیغام .... اور انسان دوستی کا پیغام ہے۔

7- سکھوں کی مذہبی کتاب .... ہے۔

8- سکھ اپنی .... چیزوں سے پہچانے جاتے ہیں۔

9- گولڈن ٹیمپل .... میں ہے۔

10- گردوارے میں ہر مذہب کے لوگوں کو .... کہا جاتا ہے۔

AT4 L2

Exercise C:

Put the following words in their relevant columns:

مشق ج:

مندرجہ ذیل الفاظ کو مناسب کالموں میں لکھیے:

اردو۔ اسلام۔ ہندی۔ ہندوستان۔ سعودی عرب۔ عیسائیت۔
لاطینی۔ پاکستان۔ یہودیت۔ انگریزی۔ بدھ مت۔ برطانیہ

زبان	مذہب	ملک

AT4 L3

Exercise D:

مشق د

Among your friends, identify one each from Hindu, Sikh and Christian faiths and with their help write five sentences about each faith.

اپنے دوستوں میں سے ایک ایک ہندو، مسلمان، سکھ اور عیسائی طالب علم تلاش کر کے ان کی مدد سے ہر مذہب کے بارے میں پانچ پانچ جملے لکھیے۔

Vocabulary ذخیرۂ الفاظ

A straight sword	*Kirpaan*	کِرپَانْ
Comb	*Kanghaa*	کَنگھا
Assembled, Gathered	*Ekath-thay*	اِکٹّھے
Welfare	*Bhalaa-ee*	بَھلَائی
Race	*Nasl*	نَسْل
Sikh temple	*Gurdwaarah*	گُرْدُ وَارَہ
Caste	*Zaat*	ذَاتْ
Free public rest house	*Dharam Shaalah*	دَھرَمْ شَالَہ
Knowledge	*Giyaan*	گِیَانْ، عِرْفَانْ
Order, decree	*Hukm*	حُکْم
Service	*Khidmat*	خِدْمَتْ
Disappear	*Ghaa-ib*	غَائِبْ
Death	*Intiqaal*	اِنْتِقَالْ
To take leave	*Rukhsat*	رُخْصَتْ
Tradition	*Riwaayat*	رِوَایَتْ
Humanism	*Insaan Doastee*	اِنْسَانْ دُوستِی
Servants	*Banday*	بَنْدے
Sight	*Nazar*	نَظَرْ
Religious	*Mazhabee*	مَذْہَبِی
Student, Pupil	*Shaagird*	شَاگِرْد
Untrimmed hair	*Kays*	کِیس
Small, Short	*Kachh*	کَچھ
Metal bangle	*Karaa*	کَڑا

Lesson No. 21 — سبق نمبر 21

ایک جگہ سے دوسری جگہ آنا جانا

Ayk Jāgāh Say D̄oosree Jāgāh Aanaa Jaanaa

Getting Around

شہر میں ایک جگہ سے دوسری جگہ آنے جانے اور گھومنے پھرنے کے بہت سے ذرائع ہیں۔ قریبی فاصلوں کے لیے بائیسکل اور دور دراز مقامات کے لیے موٹر سائیکل یا کار استعمال کی جاتی ہے۔ جن لوگوں کے پاس ان میں سے کوئی بھی سواری نہیں ہے وہ بس، ٹیکسی یا زمین دوز ریل گاڑی سے آتے جاتے ہیں۔ لندن میں زمین دوز ریلوے بہت مقبول ہے۔ بہت بڑی تعداد میں لوگ اسی سے سفر کرتے ہیں۔ ہر شہر میں زمین دوز ریل نہیں ہے۔ برطانیہ میں کچھ شہر ایسے بھی ہیں جہاں لوگ ٹرام سے آتے جاتے ہیں۔ اگر کسی شہر میں ٹرانسپورٹ کا اچھا انتظام نہ ہو تو اس کا کاروبار پر بہت برا اثر پڑتا ہے۔ یورپ میں جرمنی نے پہلی بار موٹر ویز بنائیں جس سے تجارت پر اچھے اثرات پڑے۔ اب دنیا کے تمام بڑے شہروں میں موٹر ویز کا جدید نظام موجود ہے۔ قریب کے فاصلوں تک جانے کے لیے پیدل چلنا بہتر ہے۔ اس سے صحت اچھی رہتی ہے۔ اخراجات کی بچت ہوتی ہے اور دھوئیں سے فضا میں آلودگی بھی نہیں ہوتی۔ دوسرے شہر کو جانے کے لیے کوچ یا ریل گاڑی کا استعمال کیا جاسکتا ہے۔ لیکن جو شہر زیادہ دور واقع ہیں وہاں جانے کے لیے کوچ یا ٹرین کے علاوہ ہوائی جہاز سے بھی سفر کیا جاسکتا ہے۔ ایک ملک سے دوسرے ملک جانے کے لیے عام طور پر ہوائی جہاز یا بحری جہاز سے سفر کیا جاتا ہے۔

بڑے شہروں میں جدھر بھی جائیے، ٹریفک کے مختلف نشانات ملیں گے۔ مثلاً جہاں یہ نشان BUS نظر آئے تو سمجھ لیں کہ یہاں ریلوے اسٹیشن ہے اور اس نشان UNDERGROUND کا مطلب ہے کہ یہ زمین دوز ریلوے اسٹیشن ہے۔

سڑک کے کنارے چھوٹی سی لین پر اگر سائیکل کا نشان بنا ہو تو اس کا مطلب ہے کہ یہ صرف سائیکل سواروں کی لین ہے۔ بعض سڑکوں پر بسوں کے لیے بھی الگ لین بنا دی گئی ہے۔ اسی طرح ٹیکسی اسٹینڈ پر ٹیکسی کا نشان بنا ہو گا۔ نشانات والی اکثر جگہوں پر ان سے متعلق نوٹس اور ٹائم ٹیبل بھی لگے ہوتے ہیں۔ مندرجہ ذیل گفتگو سے آپ کو معلوم ہو گا کہ کسی جگہ جانے کے لیے دوسروں سے کس طرح مدد حاصل کی جاسکتی ہے۔

عادل: معاف کیجیے، مجھے وڈ فورڈ اسٹیشن جانا ہے۔ کیا آپ بتا سکتے ہیں کہ یہ کتنی دور ہے اور مجھے وہاں جانے کے لیے کیا کرنا چاہیے؟

ولیم: اس سڑک پر سیدھے جاکر بائیں ہاتھ کی پہلی سڑک پر مڑ جائیے۔ پھر دائیں ہاتھ کی پہلی سڑک چھوڑ کر دوسری سڑک پر مڑ جائیے۔ کچھ ہی دور آپ کے سیدھے ہاتھ پر وڈ فورڈ اسٹیشن نظر آجائے گا۔

عادل: اور اگر مجھے لیٹن اسٹون اسٹیشن تک جانا ہو تو کون سی بس ملے گی؟

ولیم: باون (52) نمبر کی بس سیدھی لیٹن اسٹون اسٹیشن جاتی ہے۔

عادل: کیا آپ بتا سکتے ہیں کہ اس کا بس اسٹاپ کہاں ہے؟

ولیم: اسی سڑک پر تقریباً سو میٹر چلنے کے بعد بائیں ہاتھ پر بس اسٹاپ آجائے گا۔

عادل: شکریہ۔ اس وقت تو میں وڈ فورڈ اسٹیشن ہی جاؤں گا۔

وڈ فورڈ اسٹیشن پر

عادل: کیا مجھے لیٹن اسٹون کا واپسی کا ٹکٹ مل سکتا ہے؟

کلرک: کیوں نہیں؟

عادل: معاف کیجیے۔ فی الحال ایک طرف کا ٹکٹ دے دیجیے۔

کلرک: بہتر جناب۔ یہ لیجیے۔

عادل: یہ ٹکٹ کتنے کا ہے؟

کلرک: نوے پینس کا۔

عادل: کیا آپ بتا سکتے ہیں کہ ٹرین یہاں سے کس وقت روانہ ہو گی؟

کلرک: لیٹن اسٹون کے لیے اگلی ٹرین پانچ منٹ میں جائے گی۔

عادل: وہاں کتنی دیر میں پہنچے گی؟

کلرک: پانچ چھ منٹ میں لیٹن اسٹون پہنچ جائے گی۔

عادل: شکریہ۔

ٹرین کے اندر

ٹکٹ انسپکٹر: جناب، کیا میں آپ کا ٹکٹ دیکھ سکتا ہوں؟
عادل: ضرور۔ یہ لیجیے۔
ٹکٹ انسپکٹر: آپ کہاں جارہے ہیں؟
عادل: جی، مجھے لیٹن اسٹون جانا ہے۔
ٹکٹ انسپکٹر: ٹھیک ہے۔ یہ لیجیے اپنا ٹکٹ۔
عادل: شکریہ۔

AT3 L4/5

Exercise A:

مشق الف:

Answer the following questions:

مندرجہ ذیل سوالوں کے جواب دیجیے:

1. What are the various means of transport?
2. How do most of the people travel in London?
3. Why should we go on foot for a short distance?
4. What do the traffic signs show?
5. What is the importance of motorways?

1- آمدورفت کے کیا کیا ذرائع ہیں؟
2- لندن میں زیادہ تر لوگ کس طرح سفر کرتے ہیں؟
3- مختصر فاصلے کے لیے ہمیں پیدل کیوں جانا چاہیے؟
4- ٹریفک کے نشانات کس لیے ہوتے ہیں؟
5- موٹرویز کے کیا فائدے ہیں؟

AT2 L3/4

Exercise B:

مشق ب:

Your friend is not used to walking on foot. Tell him its advantages?

آپ کا دوست پیدل چلنے کا عادی نہیں ہے۔ اسے پیدل چلنے کے فائدے بتائیے۔

AT2 L3/4

Exercise C:

مشق ج:

A stranger on a street of London asks you the way to the Tower Bridge. Guide him. Your class- fellow will paly the role of the stranger.

لندن کی کسی سڑک پر ایک اجنبی آپ سے ٹاور برج کی طرف جانے کا راستہ پوچھ رہا ہے۔ آپ اس کی مدد کیجیے۔ اجنبی کا کردار آپ کا کوئی ہم جماعت ادا کرے گا۔

AT4 L3/4

Exercise D: | مشق د:

A person named Diljeet Singh is waiting for a train at a London station. He asks you about ticket window, waiting room, and wash room. Write down the dialogue in Urdu.

لندن کے ایک اسٹیشن پر دلجیت سنگھ نامی ایک شخص ٹرین کے انتظار میں ہے، وہ آپ سے ٹکٹ گھر، انتظار گاہ اور بیت الخلا کے بارے میں پوچھ رہا ہے۔ اس سے اپنی گفتگو کو اردو میں لکھیے۔

AT4 L3/4

Exercise E: | مشق ہ:

You have travelled for the first time by an under-ground railway train. Write ten sentences about it.

آپ نے زندگی میں پہلی مرتبہ زمین دوز ریل گاڑی سے سفر کیا ہے۔ اس کا حال دس جملوں میں لکھیے۔

Exercise F: | مشق و:

Explain the following signs in Urdu. Write at least two sentences for each of them.

نیچے دیے گئے نشانات کی وضاحت اردو میں کیجیے، ہر نشان کے بارے میں کم از کم دو جملے لکھیے۔

CLOSED

Vocabulary ذخیرۂ الفاظ

Means, Sources	*Zaraa'ay*	ذَرائِع
Far away	*Door daraaz*	دُور دَراز
Underground	*Zameen doaz*	زَمِین دُوز
Popular	*Maqbool*	مَقبُول
Business	*Kaaroabaar*	کارُوبار
Modern system	*Jadeed nizaam*	جَدِید نِظام
Smoke	*Dhuwaan*	دُھواں
Atmosphere	*Fazaa*	فَضا

Lesson No. 22 — سبق نمبر 22

مستقبل کا منصوبہ

Mustāqbil kaa Mansoobāh
Planning for Future

اسکول کے طالب علم جی سی ایس ای امتحان کے لیے دسویں جماعت میں اپنے اختیاری مضامین چن لیتے ہیں تاکہ ابھی سے یہ طے ہوجائے کہ وہ آئندہ کیا بننا چاہتے ہیں۔ اس بات کا فیصلہ جی سی ایس ای کے نتیجے پر ہوتا ہے کہ وہ اپنی تعلیم جاری رکھ سکیں گے، اسکول چھوڑنے کے بعد کسی ٹریننگ کے لیے جائیں گے یا کوئی نوکری تلاش کریں گے؟

مستقبل کا منصوبہ بناتے وقت بہت سی باتوں کا خیال رکھنا ضروری ہے۔ ہر مضمون کے کچھ تقاضے ہوتے ہیں۔ آپ جو بھی مضمون پڑھنا چاہتے ہیں اس کے لیے آپ کو پہلے یہ معلوم کرنا چاہیے کہ آپ کو کتنا وقت دینا ہوگا؟ کس قسم کی کتابیں پڑھنا ہوں گی؟ اور آئندہ زندگی میں اس کا کیا استعمال اور فائدہ ہوگا؟ اس طرح آئندہ زندگی کے لیے پیشے کا انتخاب کرنے سے پہلے یہ جاننا ضروری ہے کہ یہ پیشہ اختیار کرنے کے لیے کس طرح کی تیاری کرنا ہوگی؟ کون کون سے مضامین پڑھنے ہوں گے اور اس پیشے میں جانے کے بعد کس قسم کی ذمہ داریاں اٹھانا ہوں گی؟ مضمون کا انتخاب ہو یا کسی پیشے کا، انسان کو وہی راستہ اپنانا چاہیے جس سے اسے مکمل اطمینان و سکون مل سکے۔ پیشے کے انتخاب میں یہ دیکھنا بھی ضروری ہے کہ اس میں مزید تعلیم، تربیت اور ترقی کی کتنی گنجائش ہے۔ اس طرح ترقی کرکے آگے بڑھنے سے دل کو سکون اور اطمینان حاصل ہوتا ہے اور خوداعتمادی بھی پیدا ہوتی ہے۔

ذرا دیکھیے نادیہ اور روحی اپنے مستقبل کے بارے میں کیا سوچ رہی ہیں۔

نادیہ: روحی تم امتحان کے بعد کیا کرو گی؟

روحی: اس کا فیصلہ تو جی سی ایس ای کا گریڈ دیکھ کر ہی کر سکوں گی۔

نادیہ: میں تو اے لیول، سائنس کے مضامین میں کروں گی۔ تمہارا کیا ارادہ ہے؟

روحی: میں امتحان کے بعد کچھ دن کسی دفتر میں کام کروں گی۔ ابھی تو اے لیول کی کلاسیں شروع ہونے میں کافی دیر ہے۔ تم بھی ان دنوں کوئی کام کیوں نہیں کر لیتیں؟

نادیہ: بات یہ ہے کہ ہم لوگ لاہور جانے والے ہیں۔ میری امی نے سیٹیں بھی بک کرالی ہیں۔ اچھا تم ان دنوں میں کیا کام کرو گی؟

روحی: میں چاہتی ہوں کہ اکاؤنٹس کا کام کروں۔ اس کے لیے مجھے عملی تجربہ چاہیے۔

نادیہ: مجھے تو یہ مضمون بالکل خشک لگتا ہے۔

روحی: لیکن مجھے یہ بہت دلچسپ لگتا ہے۔ اسی لیے میں نے اکاؤنٹنٹ بننے کا ارادہ کیا ہے۔

نادیہ: اللہ تمہیں کامیاب کرے۔

روحی: آمین۔ شکریہ

AT3 L4/5

Exercise A:

مشق الف:

Answer the following questions:

مندرجہ ذیل سوالوں کے جواب دیجیے:

1. What will you do after your GCSE exminations?

1- آپ اپنے جی سی ایس ای امتحان کے بعد کیا کریں گے؟

2. What profession would you like to choose in future?

2- آپ کس قسم کا پیشہ اپنانا پسند کریں گے؟

3. If you want to study further, what subjects will you opt?

3- اگر آپ مزید پڑھنا چاہیں تو کون سے مضامین لیں گے؟

4. What points should be considered while planning for the future?

4- مستقبل کا منصوبہ بناتے وقت کن باتوں کا خیال رکھنا ضروری ہے؟

5. What does Nadia intend to become in future?

5- نادیہ آئندہ کیا بننا چاہتی ہے؟

AT4 L3/4

Exercise B:

مشق ب:

You have got job as a teacher in school. Describe in a few sentences your feelings on the first day at the school.

آپ کو ایک اسکول میں ٹیچر کی حیثیت سے کام مل گیا ہے۔ اسکول میں اپنے پہلے دن کے تاثرات چند جملوں میں لکھیے۔

AT2 L3/4

Exercise C: مشق ج:

Your brother wants to become a doctor. Ask him the following in Urdu.

آپ کا بھائی ڈاکٹر بننا چاہتا ہے۔ اس سے مندرجہ ذیل باتیں اردو میں پوچھیے۔

1.Whether he wants to become a general practitioner or a specialist.

2.Which field of specialization he wants to choose?

3.What are the reasons for making this choice?

4.Where he will further study?

5.Will he join a government hospital, why?

Exercise D: مشق د:

Look at the following pictures and write down the name of proffession related to each of them.

نیچے دی ہوئی تصویریں دیکھ کر بتائیے کہ وہ کس پیشے سے تعلق رکھتی ہیں۔ ہر تصویر کے نیچے پیشے کا نام اردو میں لکھیے۔

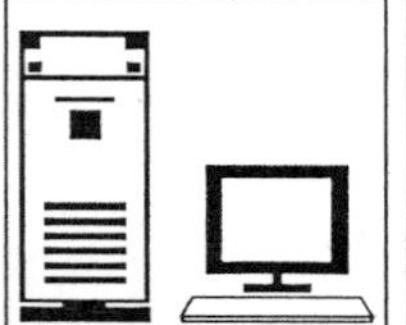
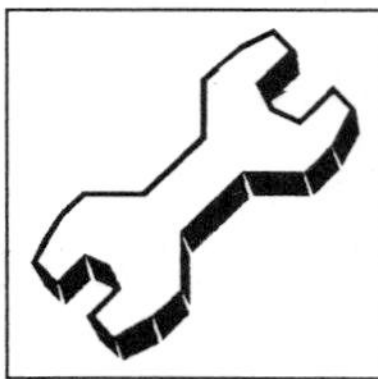

.... 5 ....4 .... 3 .... 2 1

Exercise E: مشق ہ:

"Choose a job you love, and you will never have to work a day in your life."

A saying of famous Chinese philosopher Confucius has been quoted above. Discuss it with your friends.

مشہور چینی مفکر کنفیوشس کا ایک مقولہ اوپر دیا گیا ہے، اس پر اپنے دوستوں سے گفتگو کیجیے۔

Vocabulary ذخیرۂ الفاظ

Optional	*Ikhtiyaaree*	اِختیاری
Search	*Talaash*	تَلاش
Boring, Not interesting	*Khushk*	خُشك
Practical	*Amalee*	عَملی
Subjects	*Mazaameen*	مَضامِین
Plan, Project, Scheme	*Mansoobah*	مَنصُوبَہ
Job	*Naukaree*	نَوکری
Result	*Nateejah*	نَتیجَہ
Job, Employment	*Mulaazimat*	مُلازِمَت
Profession	*Payshah*	پیشَہ
Selection, Choice	*Intikhaab*	اِنتِخاب
Preparation	*Tayyaaree*	تَیّاری
Responsibility	*Zimmah daaree*	ذِمَّہ داری
Promotion, Development	*Taraqqee*	تَرَقّی
May it be so (Amen)	*Aameen*	آمِین

الفاظ کا کھیل

Word Game

		6 ا	5 ن	4	3 و	2	1 پ		
	12	11 ب	10			9	8	7 پ	
20	19 پ		18 ا	17	16	15 س		14	13 گ
28 ن	27	26 ی	25			24	23	22 ش	21
32				31	30 ک				29
40 ہ	39	38	37 ب			36	35 ن	34	33 ب
48	47 ب		46	45 غ	44	43 ت		42 ک	41
56 ر	55	54 گ	53			52	51 ا	50	49 ن
	62 ہ	61		60	59 س		58	57 ا	
		68 ہ	67	66 ا	65	64	63 ن		

خاکے کے خالی خانوں میں مناسب حرف بھر کر لفظ مکمل کریں۔ اس کے لئے اشاروں سے مدد لیں۔ ان الفاظ کے ہم معنی الفاظ اشارے کے طور پر دیے گئے ہیں۔

اشارے

دائیں سے بائیں

1- کھانا تیار کرانا

7- حسین، خوب صورت، پروں والی حسین عورت جو صرف کہانیوں میں ملتی ہے۔

10- ہوا، مشرق سے چلنے والی ہوا

13- گانے کا حکم دینا

15- پورا۔ سب کا سب

19- پاؤں

21- عزیزداری، تعلق

25- قول، گفتگو

30- گزرا ہوا یا آنے والا دن

33- ہٹنا، الگ رہنا

37- بندھا ہوا

41- ایک

43- نشان، جو انعام کے طور پر دیا جاتا ہے

47- بیگم، خاتون

49- دن

53- تصویر، آرائش

57- ماں

59- عمر

61- ہائے، اف

63- پیش کی ہوئی چیز، تحفہ

اوپر سے نیچے

1- اوپر، لیکن، پرندوں کا پنکھ

2- کس طرح

5- پڑھائی کا کورس، سرمایہ

6- ابھی

7- چھڑکنے والا، پریشان

12- بڑی بہن

13- لباس کا وہ حصہ جو گلے کے نیچے رہتا ہے

20- ظلم، بے ایمان، تاریکی

34- ذائقہ، محسوس کیا

36- اترنے کا حکم دینا

37- ہمشیرہ، سسٹر

39- برباد

51- سکون، حفاظت

54- جگہ

59- کھوپڑی، کسی چیز کا اوپری حصہ

60- نہیں

حل

دائیں سے بائیں

1- پکوانا
7- پری
10- صبا
13- گا
15- سارا
19- پا
21- رشتہ
25- بیان
30- کل
33- بچنا
37- بستہ
41- اک
43- تمغہ
47- بی
49- نہار
53- نگار
57- ام
59- سن
61- آہ
63- نذرانہ

اوپر سے نیچے

1- پر
2- کیسے
5- نصاب
6- اب
7- پاش
12- آپا
13- گریبان
20- اندھیرا
34- چکھا
36- اتر
37- بہن
39- تباہ
51- امن
59- سر
60- نہیں

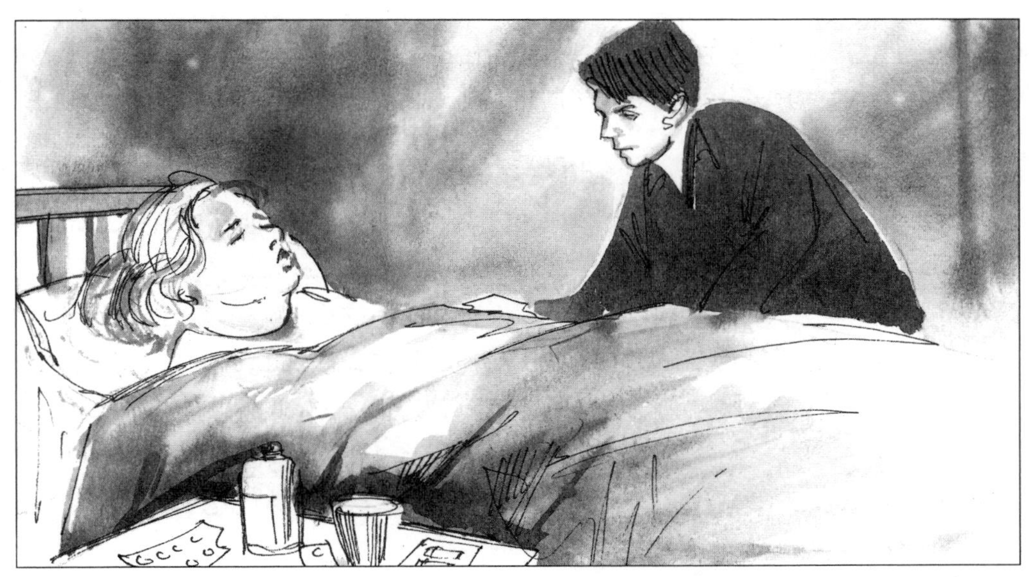

Lesson No. 23 سبق نمبر23

والدین کی خدمت

Waalidain kee Khidmat

Serving the Parents

اکرم: آؤیار وکرم، اچھا ہوا تم آگئے۔ آج میں بہت اداس ہوں۔

وکرم: کیوں خیر تو ہے۔

اکرم: میری والدہ کو تین دن سے بخار ہے۔

وکرم: دوا کیوں نہیں دلاتے۔ کسی ڈاکٹر کو دکھاؤ۔

اکرم: ڈاکٹر کو بھی دکھایا تھا، اس نے دوا بھی دی لیکن بخار نہیں اترا۔

وکرم: پھر ڈاکٹر نے کیا بتایا؟

اکرم: ڈاکٹر کہتا ہے کہ میعادی بخار ہے، اپنے وقت پر اترے گا۔

وکرم: فکر نہ کرو، بھگوان انہیں جلد اچھا کر دے گا۔

اکرم: ہاں یار دوا بھی کر رہے ہیں اور اللہ سے دعا بھی کرتے ہیں کہ والدہ جلد صحت یاب ہو جائیں۔

وکرم: دوست، سچی بات تو یہ ہے کہ والدین ہمارے لیے خدا کی سب سے بڑی نعمت ہیں۔

اکرم: اسی لیے تو ہمیں ان کی خدمت کرنی چاہیے۔ وہ خوش ہوں گے تو اللہ بھی ہم سے راضی ہوگا۔

وکرم: پچھلے ہفتے میرے والد بیمار ہوئے تو میں نے ان کے علاج اور خدمت میں کوئی کسر نہیں چھوڑی۔ انہوں نے مجھے ڈھیر ساری دعائیں دیں۔

اکرم: یار یہ بھی خوب ہے۔ والدین پیدائش کے وقت سے ہمیں پال پوس کر بڑا کریں، ہماری ہر ضرورت کا خیال

رکھیں، ہمیں کھلائیں پلائیں اور اچھی تعلیم دلائیں۔ حالانکہ یہ ہمارا فرض ہے کہ جب وہ بوڑھے ہو جائیں تو ہم ان کی زیادہ سے زیادہ خدمت کریں۔ لیکن اس خدمت کے بدلے بھی وہ ہمیں دعائیں دیتے ہیں، جو قدم قدم پر ہمارے کام آتی ہیں۔

وکرم: واقعی یار ہماری کامیابی میں والدین کی محنت اور دعاؤں کا بڑا ہاتھ ہے۔

اکرم: ہمارے نبی پاک صلی اللہ علیہ وسلم نے والدین کی عزت اور ان کی خدمت کی بڑی تاکید کی ہے۔ آپؐ نے فرمایا کہ ماں کے قدموں تلے جنت ہے۔

وکرم: ہمارے دھرم میں بھی ماں کے چرن چھونا بہت بڑی نیکی ہے۔

اکرم: میرا خیال ہے کہ دنیا کے ہر مذہب میں والدین کی عزت اور ان کی خدمت کرنا فرض ہے۔

وکرم: ارے یار، ہم باتوں میں لگ گئے، تمہاری ماں کو دیکھنا اور ان کی مزاج پرسی کرنا تو بھول ہی گیا۔

اکرم: ابھی وہ دوا لے کر سوئی ہیں۔ شام کو اٹھیں گی۔

وکرم: پھر تو دوست کل ہی آکر دیکھوں گا۔ ابھی مجھے ضروری کام ہے۔ اچھا میری طرف سے انہیں نمستے کہنا اور مزاج پرسی کرنا۔

اکرم: بہت بہتر۔

Exercise A:

مشق الف:

Answer the following questions:

مندرجہ ذیل سوالوں کے جواب دیجیے:

1. What is the relation between Akram and Vikram?

1- اکرم اور وکرم کا آپس میں کیا رشتہ ہے؟

2. For how many days has Akram's mother been suffering from fever?

2- اکرم کی والدہ کو کتنے دن سے بخار ہے؟

3. What do you know about typhoid? How many days does it take to wear off?

3- میعادی بخار کسے کہتے ہیں اور یہ کتنے دن بعد اترتا ہے؟

4. Why should we serve our parents?

4- ہمیں والدین کی خدمت کیوں کرنی چاہیے؟

5. What did Prophet Muhammad (P.B.U.H) say about one's mother?

5- حضرت محمد صلی اللہ علیہ وسلم نے ماں کے بارے میں کیا فرمایا ہے؟

AT3 L4

AT4 L4

Exercise B:

مشق ب:

You love your mother while John loves his father most. Ask your friend to play the role of John and discuss with him about your likings and write it down.

آپ کو اپنی ماں سے اور جان کو اپنے باپ سے زیادہ محبت ہے، اس موضوع پر اپنے دوست کو جان کا کردار دے کر آپس میں گفتگو کیجیے اور اسے لکھیے۔

AT4 L1/2

Exercise C:

مشق ج:

Fill in the following quotations with the appropriate prepositions.

ذیل میں چند اقوالِ زرّیں دیئے جا رہے ہیں۔ ان میں مناسب حروفِ جار لکھ کر خالی جگہ پر کیجیے۔

کو۔ کی۔ میں۔ کا۔ کے۔

1- ماں......نافرمانی بڑا گناہ ہے۔(حضرت محمد صلی اللہ علیہ وسلم)

2- ماں......خوشنودی دنیا......عزت اور آخرت میں نجات......باعث ہے۔(شیخ سعدی)

3- میری ماں دنیا......سب سے خوبصورت ماں ہے۔(محمد علی جوہر)

4- میں جب بھی مصیبت......وقت ماں......یاد کرتا ہوں، سکون پاتا ہوں۔(شیلے)

AT4 L3

Exercise D:

مشق د:

Your teachers deserve as much respect as do your parents. Write at least five sentences on this.

والدین کی طرح اساتذہ بھی انتہائی احترام کے مستحق ہیں۔ اس سلسلے میں کم از کم پانچ جملے لکھیے۔

Exercise E:

مشق ہ:

Write a paragraph of about 50 words on your favourite teacher.

اپنے پسندیدہ استاد کے بارے میں تقریباً پچاس الفاظ کی ایک عبارت لکھیے۔

Vocabulary ذخیرۂ الفاظ

Sad	*Udaas*	اُداس
Fever	*Bukhaar*	بُخار
Typhoid	*Mee-aadee bukhaar*	مِیعادِی بُخار
God (Hindi)	*Bhagwaan*	بھگوان
To pray	*Du-aa karnaa*	دُعا کَرنا
Cured, Healthy	*Seh-hat yaab*	صِحّت یاب
Blessing	*Ne'mat*	نِعمَت
Happy, Agreed	*Raazee*	رَاضِی
A lot of	*Dhayr saaree*	ڈھیر سَارِی
To feed	*Khilaanaa*	کِھلانا
In return	*Badlay main*	بَدلے مَیں
Foot, Step	*Qadam*	قَدَم
On every step	*Qadam qadam par*	قَدَم قَدَم پَر
To bless	*Du-aa dainaa*	دُعا دَینا
Holy Prophet (P.B.U.H.)	*Nabee-e-Paak*	نَبیِٔ پَاک
Stress, Emphasis	*Taakeed*	تَاکِید
Underneath	*Talay*	تَلے
To inquire after one's health	*Mizaaj pursee karnaa*	مِزَاج پُرسِی کَرنا

Lesson No. 24 | سبق نمبر24

سرجری

Sarjaree

Surgery

ڈاکٹروں کے ذاتی اسپتال کو سرجری کہتے ہیں۔ یہ عام بھی ہوتی ہے اور خاص بھی۔ عام سرجری میں ہر قسم کے مریضوں کو دیکھا جاتا ہے اور خاص سرجری میں خاص مریضوں کو۔ جیسے آنکھوں کی سرجری الگ ہوگی، دانتوں کی الگ اور دماغی بیماریوں کی الگ۔

سرجری میں عام طور پر تین کمرے ہوتے ہیں۔ ایک ڈاکٹر کا، دوسرا اس کی سیکریٹری کا، تیسرا وہ جہاں مریض بیٹھ کر اپنی باری کا انتظار کرتے ہیں۔ کہیں کہیں نرس کا بھی کمرا ہوتا ہے۔ عام طور پر ڈاکٹروں کو دکھانے کے لیے مریضوں کو پہلے سے وقت لینا ہوتا ہے، لیکن بعض ڈاکٹر وقت لیے بغیر بھی دیکھ لیتے ہیں۔

نیچے ایک مریض، سیکریٹری اور ڈاکٹر آپس میں گفتگو کر رہے ہیں۔

مریض: مجھے ڈاکٹر صاحب سے ملنا ہے۔

سیکریٹری: کیا آپ نے ان سے وقت لیا ہوا ہے؟

مریض: جی ہاں! میں نے فون کیا تھا۔ انہوں نے اسی وقت بلایا ہے۔

سیکریٹری: کیا نام ہے آپ کا؟

مریض: میرا نام امجد ہے۔

سیکریٹری: جی میں دیکھتی ہوں (ڈائری میں دیکھ کر) ٹھیک ہے، آپ اپنی باری کا انتظار کریں۔

مریض: شکریہ۔

(تھوڑی دیر بعد)

سیکریٹری: اب آپ اندر جا سکتے ہیں۔

مریض: بہتر۔

ڈاکٹر: ہیلو! کیا حال ہے؟

مریض: جب بے حال ہوتا ہوں، آپ کے پاس آجاتا ہوں۔ وہی کھانسی کی شکایت ہے۔

ڈاکٹر: خوب سگریٹ پی رہے ہیں آج کل؟

مریض: جی نہیں، سگریٹ تو کم کر دی ہے، پچھلے دنوں سردی لگ گئی تھی، اس کی وجہ سے کھانسی ہو گئی۔

ڈاکٹر: اچھا میں آپ کا معائنہ کرتا ہوں۔

مریض: شکریہ، ڈاکٹر۔

ڈاکٹر: (اسٹیتھواسکوپ سے دیکھنے کے بعد) جی ہاں سردی کا اثر ہے۔ میں دوائیں لکھ دیتا ہوں، تین دن کھانی ہوں گی۔

مریض: اور پرہیز کس کس چیز کا ہو گا؟

ڈاکٹر: نہیں، کسی پرہیز کی ضرورت نہیں۔ (ہنستے ہوئے) بس سگریٹ سے پرہیز کیجیے۔

مریض: جی بہت بہتر۔ شکریہ۔

ڈاکٹر: لیجیے یہ نسخہ، اور ہاں، آپ کو کم از کم ایک دن مکمل آرام کی ضرورت ہے۔

مریض: کوشش کروں گا۔ اچھا خدا حافظ۔

ڈاکٹر: خدا حافظ

AT3 L3/4

Exercise A: مشق الف:

Answer the following questions: مندرجہ ذیل سوالوں کے جواب دیجیے:

1. What do you know about Surgery? — 1- سرجری کسے کہتے ہیں؟
2. To see a doctor what should a patient do? — 2- ڈاکٹر سے ملنے کے لیے مریض کو کیا کرنا چاہیے؟
3. Can a doctor deal with all types of diseases? — 3- کیا ہر ڈاکٹر تمام امراض کا علاج کر سکتا ہے؟
4. What facility does the patient have at the surgery? — 4- مریضوں کو سرجری سے کیا آسانی حاصل ہوتی ہے؟
5. Why did Amjad go to the doctor? — 5- امجد ڈاکٹر کے پاس کیوں گیا؟

AT2 L3

Exercise B:

You go to a doctor. Your teacher will play the part of the doctor. With the help of the following hints have a dialogue in Urdu:

مشق ب:

آپ ایک ڈاکٹر کے پاس جاتے ہیں۔ آپ کے استاد ڈاکٹر بنیں گے۔ انگریزی میں دیئے گئے مندرجہ ذیل اشاروں کی مدد سے اردو میں گفتگو کیجیے۔

1.You have an ear ache.
2.You also have a temperature.
3.How often you have to take the tablets?
4.Where is the nearest (dispensing) chemist located?
5.Say thank you and good bye.

Exercise C:

You are at the shop of a chemist in Delhi. You have pain in the throat but you don't want to go to a doctor. Yor teacher will play the role of a chemist. Tell him about your complaint.

مشق ج:

فرض کیجیے کہ آپ دہلی میں ایک کیمسٹ کی دکان پر ہیں۔ آپ کے گلے میں درد ہے لیکن آپ ڈاکٹر کے پاس جانا نہیں چاہتے۔ آپ کا استاد کیمسٹ کا رول ادا کرے گا۔

1.You do not feel well.
2.Does he have a medicine for throat?
3.How many times in a day should you take the medicine?
4.Ask the price of the medicine.
5.Ask if you really needed to go to a doctor now.

1 کہیے کہ میری طبیعت ٹھیک نہیں ہے۔
2-اس سے پوچھیے کہ گلے کی تکلیف کی کوئی دوا ہے؟
3- پھر پوچھیے کہ دن میں کتنی مرتبہ دوا کو لینا ہے؟
4-دوا کی قیمت پوچھیے۔
5- پوچھیے کہ مجھے ڈاکٹر کے پاس جانے کی ضرورت تو نہیں۔

Exercise D:

You are staying in an upper-storey room at a friend's home. He is not feeling well. You go downstairs and inform his mother. Your teacher will play the role of mother.

مشق د:

فرض کیجیے آپ اپنے دوست کے گھر پر اوپر کے کمرے میں ٹھہرے ہوئے ہیں، آپ کے دوست کی طبیعت ٹھیک نہیں ہے۔ آپ نیچے جاکر اس کی ماں کو بتلاتے ہیں۔ آپ کا استاد ماں کا رول ادا کرے گا۔

1.Tell her, your friend does not want to get up.	1- ان کو بتائیے کہ آپ کا دوست بستر سے اٹھنا نہیں چاہتا۔
2.Say he is not feeling well and ask if he could lie down and rest.	2- کہیے کہ اس کی طبیعت اچھی نہیں ہے۔ پوچھیے کہ کیا وہ لیٹا رہے، آرام کرے؟
3.Ask whether there is a medicine for fever.	3- پوچھیے کہ کیا گھر میں بخار کی کوئی دوا ہے؟
4.Ask whether a doctor should be called.	4- پوچھئے کہ کیا ڈاکٹر کو فون کرنے کی ضرورت ہے؟

Exercise E: مشق ہ:

Use the following words in your own sentences.

مندرجہ ذیل الفاظ کو اپنے جملوں میں استعمال کیجیے۔

مریض۔ آنکھیں۔ انتظار۔ معائنہ۔ کھانسی۔ دوا۔ سردی۔ سگریٹ۔ آرام۔ کوشش۔

Vocabulary ذخیرۂ الفاظ

Eyes	*Aankhain*	آنکھیں
Disease, Illness	*Beemaaree*	بِیمارِی
Fever	*Bukhaar*	بُخار
Prevention	*Parhayz*	پَرہیز
Tooth (Plural : Teeth)	*Daant*	دانت
Brain	*Dimaagh*	دِماغ
Mental	*Dimaaghee*	دِماغی
To examine	*Mu-aainah karnaa*	مُعائِنَہ کَرنا

Lesson No. 25 سبق نمبر 25

اسکول میں پہلا دن

Iskool main̄ Pāhlaa D̄in

First Day in the School

ننھی پڑھنے آئی ہے شیرینی بھی لائی ہے
ننھا دل اور ننھا سن اور اسکول کا پہلا دن
پریوں جیسی صورت ہے کیسی موہنی مورت ہے
کتنی بھولی بھالی ہے دل فکروں سے خالی ہے
گھر کی یاد ستاتی ہے جی میں سہمی جاتی ہے

چراغ حسن حسرت

AT3 L3/4

Exercise A: مشق الف

Answer the following questions. مندرجہ ذیل سوالوں کے جواب دیجیے۔

1. Why has the small girl come to school? 1- ننھی اسکول میں کیوں آئی ہے؟
2. What has she brought? 2-وہ اپنے ساتھ کیا لائی ہے؟
3. How does she look like? 3-وہ کیسی دکھائی دیتی ہے؟
4. What is she thinking about? 4-اسے کیا یاد آرہا ہے؟
5. Is she happy in the school? 5-کیا وہ اسکول میں خوش ہے؟
6. How may couplets are there in this poem? 6-اس نظم میں کتنے شعر ہیں؟

Exercise B: مشق ب

Explain the second and the fifth couplets? دوسرے اور پانچویں شعر کی تشریح کیجیے۔

AT4 L3

Exercise C: مشق ج

What did you feel on the first day of your school? Write ten sentences. آپ جب پہلی مرتبہ اسکول گئے تو کیا محسوس کیا تھا۔ دس جملے لکھیے۔

Exercise D:

مشق د

Write ten names of your class fellows in the order of Urdu alphabet.

اپنی جماعت کے دس طلبا و طالبات کے نام اردو میں حروف تہجی کی ترتیب سے لکھیے۔

AT4 L3/4

Exercise E:

مشق ہ

Write at least five sentences about the student who sits next to you in the class?

جماعت میں آپ کے قریب جو طالب علم بیٹھا/ بیٹھی ہے اس کے بارے میں کم از کم پانچ جملے لکھیے۔

AT4 L2

Exercise F:

مشق و

Write the same sounding words.

ہم آواز الفاظ لکھیے۔

لفظ	آئی	مورت	جیسی	نہلا	اتنی	دن	بھالی	دل	ذکر	بتائی
ہم آواز لفظ										

Vocabulary ذخیرۂ الفاظ

Small (boy/girl)	*Nannhaa, Nannhee*	نَنّھا،نَنّھی
Sweet	*Sheereenee*	شِیرِینی
Year, Age	*Sin*	سِن
Fairy	*Paree*	پَری
Face	*Soorat*	صُورَت
Form, Statue	*Moorat*	مُورَت
Charming, Beautiful	*Moahnee*	مُوہنی
Simple, Innocent	*Bhoalee Bhaalee*	بُھولی بَھالی
Care, Sorrow	*Fikr*	فِکر
To come to mind. To come to memory	*Yaad sataanaa*	یاد سَتانَا
To fear, To be afraid	*Sah-mnaa*	سَہمنَا

Lesson No. 26 سبق نمبر 26

اختتام ہفتہ

Ikhtitaam-e-Haftah

Week-end

مغربی ملکوں میں لوگ ہر ہفتے، پیر سے جمعے تک پانچ دن کام کرتے ہیں۔ فیکٹریوں، دفتروں اور اسکولوں میں کام شروع کرنے اور ختم کرنے کے اوقات مختلف ہیں۔ مثلاً زیادہ تر فیکٹریوں میں صبح آٹھ بجے کام شروع ہوتا ہے اور شام کو ساڑھے چار بجے ختم ہو جاتا ہے۔ دفتر اور اسکول نو بجے شروع ہوتے ہیں۔ دفتروں کی چھٹی ساڑھے چار بجے اور اسکولوں کی ساڑھے تین بجے ہوتی ہے۔ جمعے کی شام سے اتوار کی رات تک آرام کا وقت ہوتا ہے۔ اس کو اختتام ہفتہ یا ویک اینڈ کہا جاتا ہے۔

ویک اینڈ پر لوگ مختلف کام کرتے ہیں۔ کچھ لوگ سنیچر کے دن بازار جاکر ہفتے بھر کے لیے کھانے پینے اور ضرورت کا دوسرا سامان خرید کر لاتے ہیں۔ کچھ لوگ رشتے داروں سے ملنے جاتے ہیں یا انہیں اپنے گھر بلاتے ہیں۔ کچھ ٹی وی دیکھ کر وقت گزارتے ہیں۔ اتوار کے دن عام طور پر دکانیں اور بازار بند ہوتے ہیں۔ عیسائی صبح گرجا گھر جاکر عبادت کرتے ہیں۔ مختلف مقامات کی سیر و تفریح کے پروگرام بھی ویک اینڈ پر بنائے جاتے ہیں۔ ہفتے بھر میں بہت محنت کا کام کرنے والے افراد ان دو دنوں میں مکمل آرام کرنا پسند کرتے ہیں۔

AT3 L3

Exercise A: مشق الف :

Answer the following questions: مندرجہ ذیل سوالوں کے جواب دیجیے :

1. Where would you go on the next week-end? — 1- اگلے ویک اینڈ پر آپ کہاں جائیں گے ؟
2. How would you get there? — 2- آپ وہاں کیسے پہنچیں گے ؟
3. Where would you stay? — 3- آپ کہاں ٹھہریں گے ؟
4. Who would accompany you? — 4- آپ کے ہمراہ کون ہو گا؟
5. What essential clothing or kit would you take? — 5- آپ کون سے ضروری کپڑے اور سامان ساتھ لے جائیں گے ؟
6. What medicines would you take with you? — 6- آپ اپنے ساتھ کون سی دوائیں لے جانا ضروری سمجھتے ہیں ؟
7. What would you take to eat and drink? — 7- کھانے پینے کے لیے آپ کیا چیزیں لے جائیں گے ؟
8. Which book would you take with you? — 8- آپ کون سی کتاب ساتھ رکھیں گے ؟
9. What music would you like to listen? — 9- آپ کون سے گانے سننا پسند کریں گے ؟
10. What would you watch on television? — 10- آپ ٹی وی پر کون سا پروگرام دیکھیں گے ؟

AT4 L3/4

Exercise B: مشق ب :

Turn the following sentences into past tense: مندرجہ ذیل جملوں کو ماضی میں تبدیل کیجیے :

زمانہ ماضی کے جملے	جملے	نمبر
	ہم کرکٹ کھیلیں گے	1
	وہ باغ کی سیر کر رہے ہیں۔	2
	کتاب کہاں رکھی ہے ؟	3
	امجد شام کو گاڑی چلائے گا۔	4
	آنند گانا گائے گا۔	5
	وہ ہماری ملکہ ہیں۔	6

Exercise C:

How did you spend the last week? Write the daily diary of the whole week.

مشق ج:

پچھلا ہفتہ آپ نے کیسے گزارا؟ اسے روزانہ ڈائری کی صورت میں لکھیے۔

Exercise D:

You are planning to go to sea-side with your family while your classfellow Baldev Singh will go to the zoo with his friends. Make separate lists of the items which both of you would take.

مشق د:

آپ اپنے خاندان کے ساتھ ویک اینڈ پر سمندر کے کنارے سیر کے لیے جائیں گے اور آپ کا ہم جماعت بلدیو سنگھ اپنے دوستوں کے ساتھ چڑیا گھر دیکھنے جائے گا۔ دونوں اپنے ساتھ جو جو سامان لے جائیں گے ان کی علیحدہ علیحدہ فہرست بنائیے۔

Exercise E:

You want to take complete rest at the coming week-end. Your cousin Shahid is insisting to take you on a picnic. Write a dialogue giving arguments for the choice of both of you.

مشق ہ:

آپ چاہتے ہیں کہ اس مرتبہ ہفتہ واری تعطیل پر مکمل آرام کریں لیکن آپ کا کزن شاہد آپ کو پکنک پر لے جانا چاہتا ہے۔ دونوں کے دلائل گفتگو کی صورت میں لکھیے۔

Vocabulary ذخیرۂ الفاظ

English	Transliteration	Urdu
Western	*Maghribee*	مَغرِبی
Mostly	*Ziyaadah tar*	زِیادَہ تَر
Different	*Mukhtalif*	مُختَلِف
Need, Requirement	*Zaroorat*	ضَرُورَت
Things, Articles,Items	*Saamaan*	سَامَان
Generally, Usually	*Aam taur par*	عَام طَور پَر
Worship	*Ibaadat*	عِبَادَت
Necessary	*Zarooree*	ضَرُورِی
Comfort	*Aasaa-ish*	آسَائِش
Favourite	*Pasandeedah*	پَسَندِیدَہ
Guest	*Mehmaan*	مِہمَان

Lesson No. 27 سبق نمبر 27

استاد اور والدین کی ملاقات

Ustaad aur Waalidain kee Mulaaqaat

Parent-Teacher Meeting

سال میں کم از کم ایک مرتبہ بچوں کے والدین کو اسکول بلایا جاتا ہے تاکہ وہ ہر مضمون کے استاد اور خاص طور پر فارم ٹیچر سے مل کر اپنے بچوں کی تعلیم کے بارے میں ضروری معلومات حاصل کر سکیں۔ اس موقع پر والدین کو اپنے بچوں کے اسکول میں کیے ہوئے کام کو دیکھنے کا موقع بھی ملتا ہے، جس سے انہیں اندازہ ہوجاتا ہے کہ وہ اپنی پڑھائی میں کتنی دلچسپی لے رہے ہیں اور کلاس میں ان کی کیا پوزیشن ہے۔

نیچے ایسے ہی ایک موقع کی گفتگو درج ہے۔

والدین: ست سری اکال۔ ہم راجندر سنگھ کے والدین ہیں۔

استاد: جی، خوش آمدید۔ تشریف رکھیے۔

والد: راجندر پڑھائی میں کیسا ہے؟

استاد: وہ پڑھائی میں کافی کمزور ہے۔

والدہ: جی ہاں، میں اسے گھر پر اسکول کا کام کرتے نہیں دیکھتی۔

والد: کیا اسے اسکول سے ہوم ورک نہیں ملتا؟

استاد: کیوں نہیں، ہوم ورک تو کلاس ورک کی طرح ضروری ہے۔ آپ راجندر کی نگرانی کریں کہ وہ گھر پر روزانہ کام

کرتا ہے یا نہیں۔ میں بھی اب اس پر پوری توجہ دوں گا۔

والد: آپ کا کیا خیال ہے؟ اس کی اس بے پروائی کا کیا علاج ہے ؟

استاد: اس کے پڑھنے کا وقت مقرر ہونا چاہیے۔ آپ اسے وقت مقرر کر کے پڑھنے کی تاکید کریں تو مسئلہ حل ہو جائے گا۔

والدہ: ضرور، میں پوری کوشش کروں گی۔

استاد: آخر راجندر گھر پر کرتا کیا ہے ؟

والدہ: اسے ٹی وی دیکھنے کا بہت شوق ہے۔ ہر وقت اسی میں لگا رہتا ہے۔

استاد: پھر تو اسے تعلیمی ٹی وی کی طرف راغب کیجیے۔ اور ہاں، ہر درجے اور ہر مضمون کے لیے کیسٹ ملتے ہیں۔ راجندر ان سے بھی فائدہ اٹھا سکتا ہے۔

والد: یہ آپ نے اچھی رائے دی۔ میں راجندر کو تعلیمی کیسٹ لا کر دوں گا۔

استاد: ویسے راجندر ذہین ہے۔ ذرا محنت کرے تو پوزیشن لا سکتا ہے۔

والد: آپ راجندر پر سختی کیوں نہیں کرتے ؟

استاد: بچوں پر سختی سے کوئی فائدہ نہیں ہوتا۔ یوں بھی قانوناً ان پر سختی کرنا منع ہے۔ ہم اپنے طالب علموں میں علم سے دلچسپی پیدا کر کے کام لینے کی کوشش کرتے ہیں۔

والدین: اچھا، اجازت۔ آپ کا بہت بہت شکریہ۔

استاد: اسکول آنے پر آپ کا بھی شکریہ۔ آئندہ بھی آتے رہیے۔

AT3 L4

Exercise A: — **مشق الف:**

Answer the following questions: — مندرجہ ذیل سوالات کے جواب دیجیے:

1. Why are parents asked to visit the school of their children?
   1- اسکول میں بچوں کے والدین کو کیوں بلایا جاتا ہے ؟
2. Why parent-teacher meeting is necessary?
   2- اساتذہ اور والدین کی ملاقات کیوں ضروری ہے ؟
3. How can teachers and parents help each other to solve the problems of the students?
   3- طلبا کے مسائل حل کرنے کے لیے اساتذہ اور والدین کس طرح ایک دوسرے کی مدد کر سکتے ہیں؟
4. How is Rajinder at his studies? Why does not he complete his homework?
   4- راجندر پڑھائی میں کیسا ہے؟ وہ اسکول سے ملنے والا ہوم ورک کیوں نہیں کرتا؟
5. What did his teacher advise for this problem?
   5- راجندر کے استاد نے اس کا کیا حل بتایا؟

AT3 L4

Exercise B:

مشق ب:

You have been expelled from the school because of a quarrel with another student. Your father has come with you to meet your head teacher. Discuss the matter with the help of two students, one of them playing the role of your father and the other as head teacher. Write the discussion in Urdu in your answer book.

ایک طالب علم سے جھگڑا کرنے پر آپ کا نام اسکول سے خارج کر دیا گیا ہے۔ آپ اپنے والد کے ساتھ اسکول کے ہیڈ ٹیچر سے ملتے ہیں۔ دو طالب علموں کی مدد سے اس موضوع پر گفتگو کیجیے۔ ایک طالب علم آپ کے والد کا اور دوسرا ہیڈ ٹیچر کا کردار ادا کرے گا۔ اردو میں اس مکالمے کو اپنی کاپی میں لکھیے۔

Exercise C:

مشق ج:

There is no Urdu newspaper available in your school library. Discuss the matter with the librarian and write down the dialogue on this issue.

آپ کے اسکول کی لائبریری میں اردو کا کوئی اخبار نہیں آتا۔ اسکول لائبریرین سے اس سلسلے میں گفتگو کیجیے اور اسے لکھیے۔

Exercise D:

مشق د:

Write at least ten sentences on any one of the sports arranged by your school.

آپ کے اسکول کی جانب سے جن کھیلوں کا انتظام ہے ان میں سے کسی ایک پر کم از کم دس جملے لکھیے۔

Exercise E:

مشق ہ:

Look at each picture given below and write down what activity is going on.

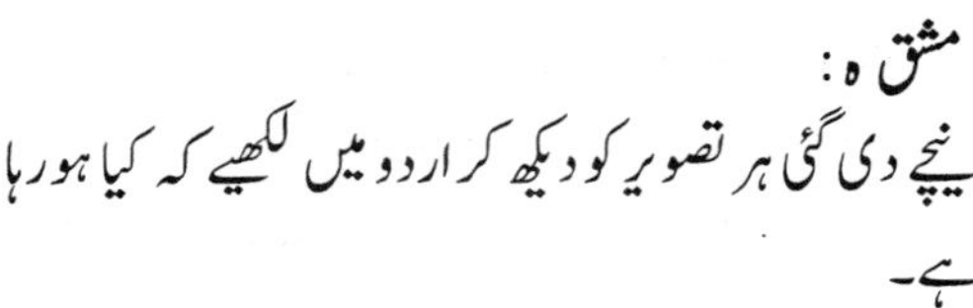

نیچے دی گئی ہر تصویر کو دیکھ کر اردو میں لکھیے کہ کیا ہو رہا ہے۔

.... 4 .... 3 .... 2 1

Vocabulary ذخیرۂ الفاظ

Problem	*Mas-alah*	مَسْئَلہ
Information	*Ma'loomaat*	مَعْلُومَات
Meeting	*Mulaaqaat*	مُلاقات
Labour, Hard work	*Mahnat*	مَحْنَت
Attention	*Tawajjuh*	تَوَجُّہ
Interest	*Dilchaspee*	دِلْچَسْپی
Supervision	*Nigraanee*	نِگَرانی
Stress	*Taakeed*	تاکِید
Intelligent	*Zaheen*	ذَہِین
Severeness	*Sakhtee*	سَخْتی
Legally	*Qaanoonan*	قانُوناً
Prohibited	*Mana'*	مَنَع
The Truth (God) is eternal (A Sikh greeting)	*Sat Siree Akaal*	سَت سِری آکال

Lesson No. 28 | **سبق نمبر 28**

کمرۂ جماعت میں گفتگو

Kāmrāh-e-Jāmaa-āt maiñ Guftgoo

In a Class room

برطانیہ کی سرکاری زبان انگریزی ہے۔ اس لیے اسکولوں میں بھی ہر مضمون اسی زبان میں پڑھایا جاتا ہے۔ بڑے شہروں کے کچھ اسکول ایسے ہیں جہاں بہت سے بچوں کی مادری زبان انگریزی نہیں ہے کیونکہ ان کے والدین دنیا کے دوسرے ممالک سے آکر یہاں آباد ہوگئے ہیں۔ یہ وہی زبان بولتے ہیں جو ان کے والدین کی زبان ہے۔ جب یہ بچے اسکول جاتے ہیں تو ان کو انگریزی ثانوی زبان کے طور پر پڑھائی جاتی ہے تاکہ وہ اپنے استادوں اور کلاس کے ساتھیوں سے بات چیت کرسکیں اور کلاس میں پڑھائے جانے والے مضمون کو سمجھ سکیں۔

آیئے نواز کی کلاس میں چل کر دیکھتے ہیں کہ اس کی استاد سے کیا گفتگو ہو رہی ہے۔

استاد: آپ سب لوگ اپنی اپنی ڈائریاں نکالیے اور ان میں ہوم ورک لکھیے۔ صفحہ نمبر 92 پر مشق 7 اور 8 دیکھیے۔ آپ سب کو یہ کام گھر سے کر کے لانا ہے۔ نواز آپ کی سمجھ میں آگیا؟

نواز: جی، کیا مشق 8D اور 8E بھی کرنی ہے۔

استاد: جی نہیں، صرف مشق 7 اور 8 گھر سے کر کے لانی ہیں۔ نواز، اب تو سمجھ گئے؟

نواز: جناب، مہربانی کر کے ایک مرتبہ پھر بتا دیجیے۔

استاد: مشق 7 اور 8 صفحہ 92 پر ہیں انہیں گھر سے کر کے لائیے گا۔ یہ مشقیں رقبے کے متعلق ہیں۔

نواز: جی، اب میں سمجھ گیا۔ کیا آپ رقبے کی انگریزی بتا کر اس کے ہجے کریں گے۔

استاد: رقبے کو انگریزی میں ایریا (Area) کہتے ہیں۔ آپ گھر پر کون سی زبان بولتے ہیں؟
نواز: جی، ہمارے گھر میں اردو بولی جاتی ہے۔
استاد: اچھا تو بتائیے ہسٹری (History) اور جیوگرافی (Geography) کو اردو میں کیا کہتے ہیں؟
نواز: جناب، اردو میں ہسٹری کو تاریخ اور جیوگرافی کو جغرافیہ کہتے ہیں۔
استاد: بالکل صحیح۔ اچھا اب میتھس (Mathematics) اور ارتھمیٹک (Arithmetic) کی اردو بتایئے۔
نواز: میتھس کو اردو میں ریاضی اور ارتھمیٹک کو حساب کہا جاتا ہے۔
استاد: شاباش۔
نواز: شکریہ، جناب۔

AT3 L4

Exercise A:

Answer the following questions:

مشق الف:

مندرجہ ذیل سوالوں کے جواب دیجیے:

1. What is the official language of Britain?
2. Which students are taught English as a second language and why?
3. Which exercises were given as homework to Nawaz's class?
4. Which subject's homework is your favourite?

1- برطانیہ کی سرکاری زبان کون سی ہے؟
2- کن بچوں کو انگریزی ثانوی زبان کے طور پر پڑھائی جاتی ہے اور کیوں؟
3- نواز کی کلاس کو کون کون سی مشقیں ہوم ورک کے طور پر دی گئیں؟
4- کس مضمون کا ہوم ورک آپ دلچسپی کے ساتھ کرتے ہیں؟

Exercise B:

Tell the English of the following words.

مشق ب:

نیچے دیئے گئے الفاظ کی انگریزی بتایئے۔

حساب۔ انگریزی۔ تاریخ۔ جغرافیہ۔ گھر۔ کام۔ مشق۔ رقبہ۔ ریاضی۔ مضمون۔

Exercise C:

In Urdu Active Voice is called *Fay'el-e-Mā'roof* and Passive Voice *Fay'el-e-Mājhool*. Change the following sentences into Passive Voice.

مشق ج:

Active Voice کو اردو میں فعل معروف اور Passive Voice کو فعل مجہول کہتے ہیں۔ مندرجہ ذیل جملوں کو فعل مجہول میں تبدیل کیجیے۔

نمبر	فعل معروف Active Voice	فعل مجہول Passive Voice
1	(وہ) انگریزی بولتا ہے۔	انگریزی بولی جاتی ہے۔
2	(میں) کتاب پڑھتا ہوں۔	
3	(لڑکی) مضمون سیکھتی ہے۔	
4	(طالب علم) کتاب نکالتا ہے۔	
5	(میری بہن) کھانا کھاتی ہے۔	
6	(استاد) سبق پڑھاتا ہے۔	
7	(وہ) ریڈیو سنتی ہے۔	
8	(ہم) کرکٹ کھیلتے ہیں۔	
9	(مصور) تصویر بناتا ہے۔	
10	(عورتیں) باتیں کرتی ہیں۔	

AT4 L2/3

Exercise D:

Suppose you are a new-comer in the class room. Ask about the following from your class- fellow in Urdu.

مشق د:

فرض کیجیے کہ آپ کلاس میں نئے آئے ہیں۔ اپنے ساتھی سے مندرجہ ذیل باتیں پوچھیے۔

No	You want to know about the following	Write down your question
1.	Name of the class teacher.	
2.	School timings.	
3.	Break time.	
4.	Subjects.	
5.	Library.	
6.	Playground.	
7.	Wash room.	
8.	Artroom.	
9.	Canteen.	
10.	Laboratory.	

Exercise E:

Make groups of two students each and ask one another the correct pronunciation of the following words. Then write them with short vowels.

مشق ہ:

کلاس میں دو دو طالب علموں کے گروپ بنا کر ایک دوسرے سے مندرجہ ذیل الفاظ کا صحیح تلفظ معلوم کیجیے۔ پھر انہیں لکھ کر اعراب لگایئے۔

سبق ۔ انگریزی ۔ زبان ۔ مضمون ۔ مادری ۔ والدین ۔ گفتگو ۔ مشق ۔ صفحہ ۔ کتاب ۔
ممالک ۔ عورت ۔ مصور ۔ رقبہ ۔ ہجے ۔ تاریخ ۔ جغرافیہ ۔ ریاضی ۔ حساب ۔ شاباش

Vocabulary ذخیرۂ الفاظ

Area	*Ra̅q̲ba̅h*	رَقْبَہ
Language	*Za̅baan*	زَبَان
Page	*Sa̅fha̅h*	صَفْحَہ
Mother tongue	*Maada̅ree Za̅baan*	مَادَرِی زَبَانُ
Exercise	*Ma̅shq̲*	مَشْق
Spellings	*Hijjay*	ہِجّے
Pronunciation	*Ta̅la̅ffuz*	تَلَفُّظ
Bravo, Well done	*Shaabaash*	شَابَاش
Again	*Phir*	پِھر
Once	*Ayk ma̅rta̅ba̅h*	اِیک مَرْتَبَہ
Second language	*Saanwee za̅baan*	ثَانوِی زَبَان

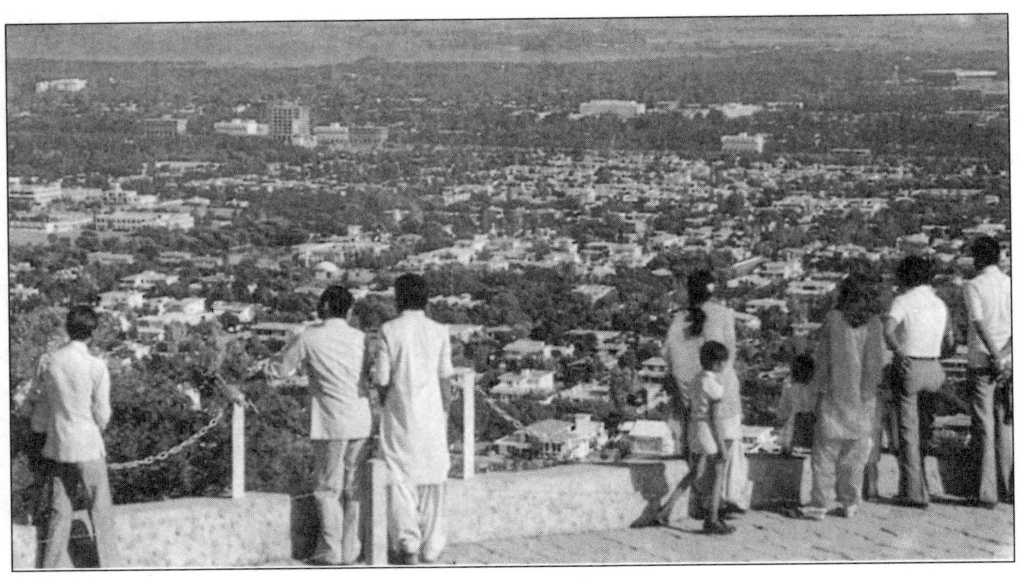

دامن کوہ سے اسلام آباد شہر کا منظر

Lesson No. 29 — سبق نمبر 29

اسلام آباد کی سیر

Islaam Aabaad kee Sair

A Visit to Islamabad

آپ نے انگلینڈ کے بہت سے شہر دیکھے ہوں گے۔ ہر شہر کی اپنی خوبصورتی اور خصوصیت ہوتی ہے۔ آیئے آج آپ کو پاکستان کے دارالحکومت اسلام آباد کی سیر کراتے ہیں۔ 1947ء میں جب پاکستان قائم ہوا تو کراچی پاکستان کا دارالحکومت تھا لیکن بعد میں صدر جنرل محمد ایوب خان نے ایک نیا شہر بسا کر اس کا نام اسلام آباد رکھا اور اسے پاکستان کا صدر مقام بنادیا۔ راولپنڈی شہر کے بالکل قریب واقع ہونے کی وجہ سے اسلام آباد اور راولپنڈی کو جڑواں شہر کہتے ہیں۔ حکومت پاکستان کے تمام اہم محکمے، ادارے، قومی اسمبلی، سینیٹ، سپریم کورٹ اور سرکاری ملازمین کی رہائش گاہیں اسلام آباد ہی میں ہیں۔ شہر کے شمال مشرقی حصے میں وفاقی سیکریٹریٹ کی عمارتیں ہیں۔ کچھ فاصلے پر ایوانِ صدر اور پارلیمنٹ ہاؤس واقع ہیں۔ ایوان صدر کے برابر سپریم کورٹ اور نیشنل لائبریری کی عمارتیں ہیں اور ان کے پیچھے وزیراعظم کے دفاتر اور رہائشی عمارتیں بنائی گئی ہیں۔ تھوڑے فاصلے پر خیابان سہروردی کی طرف وزارتِ خارجہ کی بلند وبالا عمارت ہے جس کے ایک طرف چھوٹا سا خوبصورت پارک ہے اور دوسری طرف ریڈیو پاکستان کا ہیڈ کوارٹر ہے۔

دفتر خارجہ کے سامنے والی سڑک پر غیر ملکی سفیروں کا علاقہ ہے جہاں دنیا کے تمام ممالک کے سفارت خانے قائم ہیں۔ ایوانِ صدر کے بالکل سامنے شاہراہ قائد اعظم ہے۔ چھ سات کلو میٹر لمبی یہ سڑک سیدھی جاکر شاہراہ

فیصل سے ملتی ہے۔ شاہراہ قائد اعظم کے دونوں جانب دور دور تک پھیلے ہوئے تجارتی مراکز ہیں جن کی عمارتیں آسمان کو چھوتی ہوئی نظر آتی ہیں۔ شاید اس لیے اس علاقے کو بلیو ایریا کہا جاتا ہے۔ اسلام آباد کی جناح مارکیٹ اور سپر مارکیٹ مہنگی تصور کی جاتی ہیں۔ سستی چیزوں کے لیے جمعہ بازار، اتوار بازار اور منگل بازار لگائے جاتے ہیں۔

اسلام آباد میں لڑکوں اور لڑکیوں کے متعدد اسکولوں اور کالجوں کے علاوہ تین یونیورسٹیاں بھی قائم ہیں۔ قائد اعظم یونیورسٹی، علامہ اقبال یونیورسٹی اور بین الاقوامی اسلامی یونیورسٹی۔ علامہ اقبال یونیورسٹی اوپن یونیورسٹی ہے جو ریڈیو، ٹی وی اور خط وکتابت کے ذریعے تعلیم فراہم کرتی ہے۔ بین الاقوامی اسلامی یونیورسٹی میں پاکستان کے علاوہ متعدد مسلم ممالک کے طلبا زیر تعلیم ہیں۔ اسلام آباد کا سب سے خوبصورت تفریحی مقام شکر پڑیاں ہے جو قدرتی حسن و جمال کے نظاروں کے لیے مشہور ہے۔ اس کے ایک حصے میں ایسے پودے اور درخت ہیں جنہیں پاکستان کے دورے پر آنے والے اکثر غیر ملکی سربراہوں نے لگایا ہے۔ اسلام آباد کے دیگر تفریحی مقامات میں روز اینڈ جیسمین گارڈن، دامن کوہ اور راول جھیل مشہور ہیں۔

یوں تو اسلام آباد میں سینکڑوں نئی اور پرانی مسجدیں ہیں جنہیں اسلامی فن تعمیر کا عمدہ نمونہ قرار دیا جاسکتا ہے لیکن 46 مربع ایکڑ رقبے پر پھیلا ہوا شاہ فیصل مسجد کمپلیکس جدید اسلامی فن تعمیر کا شاہکار ہے۔ مسجد کے مرکزی ہال میں دس ہزار اور پورے کمپلیکس میں تقریباً ڈھائی لاکھ افراد بیک وقت نماز پڑھ سکتے ہیں۔ فیصل مسجد کمپلیکس میں اسلامی یونیورسٹی، اسلامی مرکز، عجائب گھر، لائبریریاں اور انتظامی دفاتر قائم ہیں۔ مسجد کے چاروں طرف 1285 فٹ بلند مینار ہیں جن میں زیارت گاہ یعنی وزیٹرز گیلری 190 فٹ کی بلندی پر ہے۔

Exercise A:	مشق الف:
Answer the following questions:	مندرجہ ذیل سوالوں کے جواب دیجیے:
1. When was Pakistan founded?	1- پاکستان کب قائم ہوا تھا؟
2. Which city was the first capital of Pakistan?	2- پاکستان کا پہلا دارالحکومت کون سا شہر تھا؟
3. Who founded the new capital, Islamabad?	3- اسلام آباد کو کس نے پاکستان کا دارالحکومت بنایا؟
4. Which of the cities of Pakistan are called 'twin cities'?	4- پاکستان کے کون سے شہر جڑواں شہر کہلاتے ہیں؟
5. Where are the buildings of the Federal Secretariat situated?	5- وفاقی سیکریٹریٹ کی عمارتیں کہاں واقع ہیں؟
6. Where is the President House located?	6- ایوانِ صدر کہاں ہے؟
7. Where is the diplomatic area in Islamabad located?	7- اسلام آباد میں سفارتخانے کس جگہ قائم ہیں؟

MAP OF ISLAMABAD

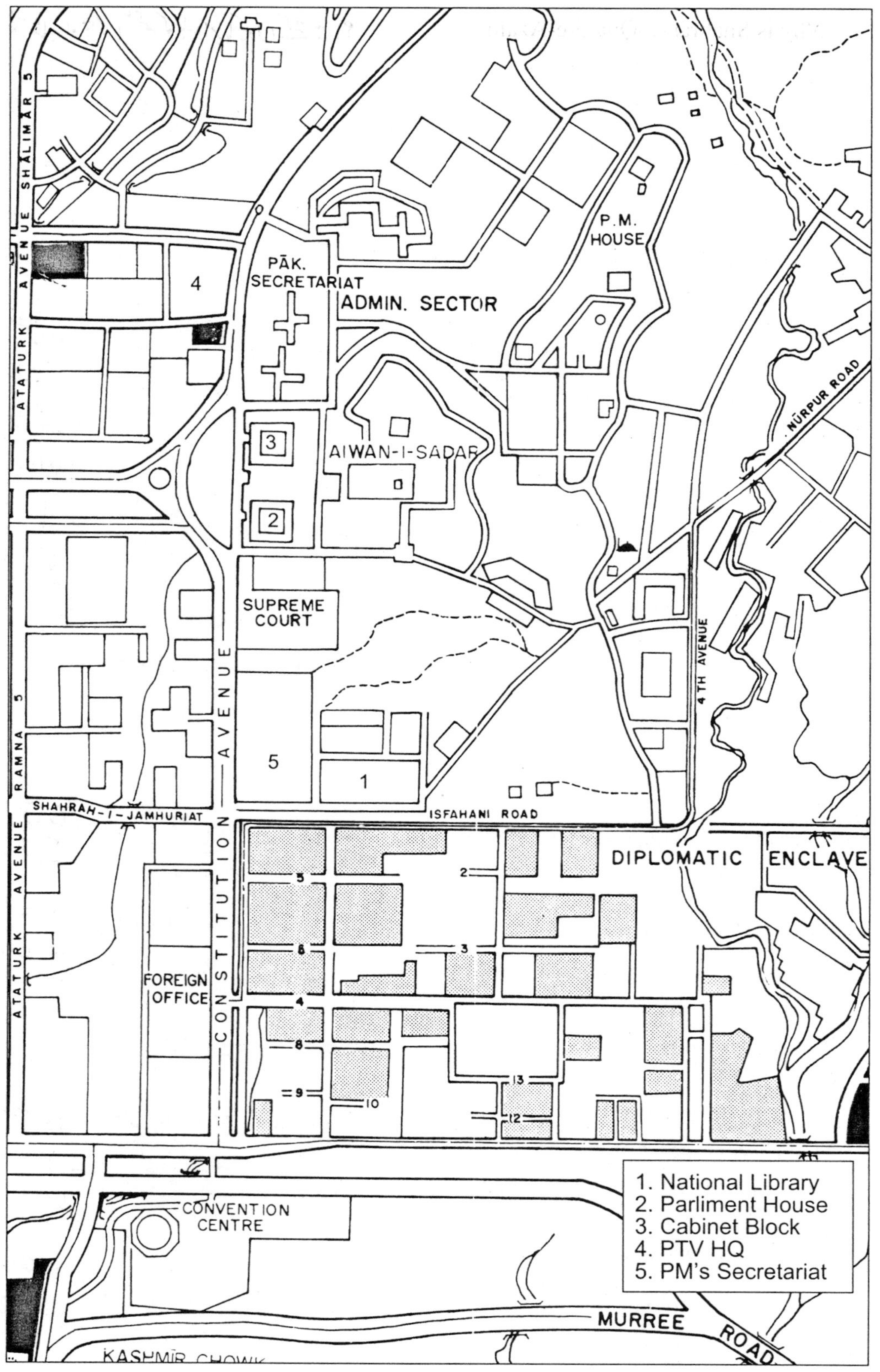

8. Why is Shahrah-e-Quaid-e-Azam called the Blue Area?

8-شاہراہ قائداعظم کو بلیوایریا کیوں کہتے ہیں؟

9. Name the three universities of Islamabad.

9-اسلام آباد کی تین یونیورسٹیوں کے نام بتائیے۔

10. What is Shah Faisal Masjid famous for?

10-شاہ فیصل مسجد کیوں مشہور ہے؟

Exercise B:

Find following buildings in the map on the opposit page.

مشق ب:

سامنے کے صفحے پر اسلام آباد کے نقشے میں درج ذیل عمارتیں تلاش کیجئے۔

1- ایوانِ صدر

2- پارلیمنٹ ہاؤس

3- سپریم کورٹ

4- نیشنل لائبریری

5- پاک سکریٹریٹ

AT4 L4

Exercise C:

You have come to London from Islamabad today. Your sister asks you some questions about that city. Write down the dialogue in your exercise book.

مشق ج:

فرض کیجیے کہ آپ آج اسلام آباد سے لندن پہنچے ہیں۔ آپ کی بہن آپ سے اس شہر کے بارے میں کچھ پوچھ رہی ہے۔ اس گفتگو کو اپنی کاپی میں لکھیے۔

AT4 L4

Exercise D:

You have come to know about Islamabad in the above lesson. Write at least 10 sentences about any other city.

مشق د:

اس سبق میں آپ نے جس طرح اسلام آباد کا حال پڑھا ہے اسی طرح کسی اور شہر کے بارے میں کم از کم دس جملے لکھیے۔

AT4 L3/4

Exercise E:

مشق ہ:

You have to travel from London to Islamabad. Your father is giving you some instructions. Have a dialogue about it in the classroom. Your teacher will play the role of your father.

آپ کو لندن سے اسلام آباد جانا ہے۔ وہاں جانے کے لیے آپ کے والد صاحب کچھ ہدایات دے رہے ہیں۔ اس بارے میں گفتگو کیجیے۔ آپ کے ٹیچر آپ کے والد کا کردار ادا کریں گے۔

Vocabulary ذخیرۂ الفاظ

Peculiarity, Speciality	*Khusoosiyyat*	خُصوُصِیَّتُ
To establish	*Qaa-im honaa*	قائِمُ ہوُنَا
Capital (city)	*Daar-ul-hukoomat*	دارُالحکُوُمَتُ
Capital, Head office	*Sadr Muqaam*	صَدُرُمُقام
Twin cities	*Jurwaan Shahar*	جُڑُواں شَہَرُ
Institutions	*Idaaray*	اِدارے
Departments	*Muhkamay*	مُحکَمے
Residence	*Rihaa-ish-gaah*	رِہائِشُ گاہ
President House	*Aiwaan-e-sadr*	اَیوانِ صَدُر
Highrise	*Buland-o-baalaa*	بُلَندُ و بَالَا
Ambassador	*Safeer*	سَفِیرُ
Embassy	*Sifaarat Khaanah*	سِفَارَتُ خَانَہُ
Shopping (Trade) centre	*Tijaaratee Maraakiz*	تِجَارَتِیُ مَرَاکِزُ
Excellent, Splendid	*Shaahkaar*	شَاہکَار
Beauty	*Husn-o-Jamaal*	حُسُن و جَمَال
Costly	*Mahangee*	مَہنگِیُ
Cheap	*Sastee*	سَسُتِیُ
Lake	*Jheel*	جھِیل

Lesson No. 30 **سبق نمبر30**

معذرت

Mā'zirāt

Apology

اگر ہم کہیں مقررہ وقت سے دیر میں پہنچیں یا کوئی غلطی کر بیٹھیں تو اس پر معافی مانگتے ہیں۔ انگریزی میں معافی مانگنے کا آسان طریقہ یہ ہے کہ سوری (Sorry) کہہ دیا جائے۔ اردو میں عام طور پر اس طرح کہا جاتا ہے "معافی چاہتا ہوں"، "معافی چاہتی ہوں" یا "معذرت خواہ ہوں"۔ اگر کسی سے جھگڑا ہو جائے یا کوئی بڑا حادثہ ہو جائے تو تحریری معافی نامے کی ضرورت بھی پڑ جاتی ہے۔ تحریر کے ذریعے ہم کسی واقعے پر افسوس ظاہر کرتے ہیں۔ اس طرح جس سے معافی مانگی جائے اس کا دل صاف ہو جاتا ہے۔ ایک ساتھ رہتے ہوئے آپس میں کسی بھی بات پر شکایت ہو سکتی ہے۔ اپنی غلطی پر معافی مانگنے میں دیر نہیں کرنی چاہیے۔

ایلن براؤن اور مارک بیڈفورڈ کے درمیان ہونے والی بات چیت سے آپ کو اندازہ ہو جائے گا کہ آپس میں کس طرح معذرت کی جاتی ہے۔

ایلن براؤن: معاف کیجیے، مجھے دعوت میں پہنچنے میں دیر ہو گئی۔

مارک بیڈفورڈ: کوئی بات نہیں، ویسے آپ کو دیر کیسے ہوئی؟ خیریت تو ہے؟

ایلن: میری بس موٹروے پر لوٹن سے بیس کلومیٹر کے فاصلے پر خراب ہو گئی تھی۔

مارک: ارے! پھر آپ یہاں کس طرح پہنچے؟

ایلن: ٹیکسی کر کے آنا پڑا۔

مارک: پھر بھی آپ ٹھیک وقت پر پہنچ گئے۔ کافی پیسے خرچ ہو گئے ہوں گے۔
ایلن: کوئی زیادہ نہیں، صرف دس پونڈ۔
مارک: معاف کیجیے میری وجہ سے آپ کو کافی تکلیف ہوئی۔
ایلن: جی نہیں اس میں آپ کا کیا قصور۔
مارک: اچھا آپ منہ ہاتھ دھو کر تازہ ہو جایئے۔
(کچھ دیر بعد)
ایلن: یہ کس چیز کا جوس ہے؟
مارک: یہ آم کا جوس ہے۔
ایلن: سوری، میں نہیں پی سکتا۔
مارک: کیوں؟
ایلن: اس لیے کہ میں ذیابیطس کا مریض ہوں۔
مارک: معاف کیجیے میں آپ کے لیے شوگر فری جوس لاتا ہوں۔
ایلن: کیوں تکلیف کرتے ہیں۔
مارک: اس میں تکلیف کی کیا بات ہے۔ آپ ہمارے مہمان ہیں۔
ایلن: بڑی نوازش۔

AT3 L3/4

Exercise A: | مشق الف:

Answer the following questions: | مندرجہ ذیل سوالوں کے جواب دیجیے:

1. If you realize you have made a mistake, what do you do to rectify it?
1- اگر آپ کو اپنی غلطی کا احساس ہو جائے تو آپ کیا کرتے ہیں؟

2. If you want to finish a quarrel, what should you do?
2- لڑائی جھگڑے کو ختم کرنے کے لیے کیا کرنا چاہیے؟

3. Why was Allen Brown late?
3- ایلن براؤن دیر سے کیوں پہنچے؟

4. How much did he pay to the taxi driver?
4- انہوں نے ٹیکسی والے کو کتنے پونڈ دیے؟

5. What disease is Allen Brown suffering from?
5- ایلن براؤن کس مرض میں مبتلا ہیں؟

Exercise B:

Your dog barked the whole night and it caused great inconvenience to your neighbour. Apolagize to him. Your teacher will play the role of the neighbour. Write the dialogue.

مشق ب:

آپ کا کتا رات بھر بھونکتا رہا جس کی وجہ سے آپ کے پڑوسی کو بہت تکلیف پہنچی۔ ان سے معذرت کیجیے۔ پڑوسی کا کردار آپ کے استاد کو ادا کرنا ہے۔ یہ مکالمہ لکھیے۔

Exercise C:

Your friend has asked to lend him some of your books. You cannot spare the books due to your examinations. Write an excuse to him.

مشق ج:

آپ کے دوست نے آپ سے کچھ کتابیں پڑھنے کے لیے مانگی ہیں، لیکن آپ اپنے امتحان کی وجہ سے یہ کتابیں اسے نہیں دے سکتے۔ اس کو خط لکھ کر معذرت کیجیے۔

Vocabulary ذخیرۂ الفاظ

English	Transliteration	Urdu
Regret, Sorry	*Afsoas*	اَفسُوس
Quarrel, Dispute	*Jhagraa*	جَھگڑَا
Invitation, Banquet	*Dawat*	دَعوَت
Complaint, Grievance	*Shikaayat*	شِکَایَت
Manner, Method	*Tareeqah*	طَرِیقَہ
Mistake, Error	*Ghalatee*	غَلَطِی
Apology, Pardon, Excuse	*Mu'aafee*	مُعَافِی
Written apology	*Mu'aafee Naamah*	مُعَافِی نَامَہ
Bad, Out of order	*Kharaab*	خَرَاب
Trouble, Inconvenience	*Takleef*	تَکلِیف
Fresh	*Taazah*	تَازَہ
Diabetes	*Ziyaabeetus*	ذِیَابِیطَس

الفاظ کا کھیل

Word Game

	6 ہ	5	4			3	2 ر	1	
14		13	12	11 ا	10	9 ا	8		7 ب
22 ب	21		20 ی	19	18 و	17		16	15 ا
30	29	28 م		27 ک	26		25	24 ا	23
	36 ک	35	34			33 ر	32	31	
	42	41 ز	40			39	38 ک	37	
50	49 ن	48		47	46 س		45	44 ی	43
58 ب	57		56	55 ت	54	53 ب		52	51 د
66		65	64 ہ	63	62 و	61	60 چ		59 ر
	72 گ	71	70			69 ا	68	67 س	

دیے گئے خاکے کے خالی خانوں میں مناسب حرف بھر کر الفاظ مکمل کیجیے۔ ان الفاظ کے ہم معنی الفاظ نیچے اشارے کے طور پر دیے گئے ہیں جن سے مدد لی جاسکتی ہے۔

اشارے

دائیں سے بائیں

1-حیا
4- مستی۔ سرور
8-بادام کے رنگ کا
15-یہی۔ یہ
17-نان۔ غذا
21-ہمارا، ہر ایک
23-شب۔ اندھیرا
26- ٹھہر
28-ایک خوبصورت پرندہ
31 - وہ شے جس کو کھا کر جاندار مر جائیں
37-سلوٹ
40-ذائقہ
43- سپیرے کا ساز
46-سارا
48-فن۔ کاری گری
51-یوم۔ روز
53 -ظرف، جس میں کھانا کھاتے ہیں
57-ابھی
60- بکریاں چرانے والا
67-جو سڑ چکا ہو
70-رنگت

اوپر سے نیچے

2- پروردگار، پالنے والا
3-چوٹ، پٹائی، ضرب
4-تری
5-چیز
7-دفعہ، بوجھ
10-عہد، زمانہ
11-رک جانا، پھنس جانا
14-بادل
16-سازش کی جمع
21-سوکھ جانا
25-تکان، تھک جانا
28-پیروں میں پہننے کا ایک لباس
33-میدان جنگ، لڑائی
34-ماں
43-چودھویں کا چاند
46-ایک قسم کا درخت
47-اطلاع دے
50-ایک چیز جو پنسل کا لکھا مٹا دیتی ہے
53-خراب
56-ندی
60-کوئی ایسی بات جو پسند نہ ہو اور لوگ اس کا مذاق بنالیں
65-عزت

حل:

دائیں سے بائیں
1-شرم
4-نشہ
8-بادامی
15-اسی
17-روٹی
21-سب
23-رات
26-ٹھہرو
28-مور
31-زہر
34-روک
37-شکن
40-مزہ
43-بین
46-سب
48-سبز
51-دن
53-برتن
57-اب
60-چرواہا
67-سڑا
70-رنگ

اوپر سے نیچے
2-رب
3-ہار
4-نمی
5-چیز
7-بار
10-دور
11-اٹک
14-ابر
16-سازشیں
21-شوکت
25-تھکن
28-موزہ
33-رن
34-ام
43-بدر
46-سرد
47-بنا
50-ربڑ
53-برا
56-نہر
60-چڑ
65-آن

Lesson No. 31 **سبق نمبر31**

ملاقات

Mulaaqaat
A Meeting

رعنا: السلام علیکم۔

صفیہ: وعلیکم السلام۔ کیسی ہو؟

رعنا: مزے میں ہوں، تمہارے مزاج کیسے ہیں؟

صفیہ: میں ٹھیک ہوں، آؤ میری سہیلیوں سے ملو۔ یہ ہیں نزہت، یہ شمسہ ہیں اور ان کا نام یاسمین ہے۔

رعنا: مجھے رعنا کہتے ہیں۔ بہت خوشی ہوئی آپ لوگوں سے مل کر......!!

نزہت: اور مجھے بھی، میرا مطلب ہے ہم سب کو۔ کہاں رہتی ہیں آپ؟

صفیہ: رعنا برمنگھم میں رہتی ہے۔ پچھلے سال ہم دونوں ایک ہی کلاس اور اسکول میں تھے۔

شمسہ: اس سال صفیہ ہم لوگوں کے اسکول میں آگئی ہے۔

یاسمین: رعنا، آپ کے مشاغل کیا کیا ہیں؟

رعنا: میں اکثر گھر ہی میں رہتی ہوں۔ ویک اینڈ پر والدین کے ساتھ کہیں آنا جانا ہو جاتا ہے۔ پڑھائی کے علاوہ گھر میں ممی کا ہاتھ بٹاتی ہوں۔ اس طرح دن گزر جاتا ہے۔

شمسہ: مجھے تو بس ٹی وی کا شوق ہے۔ ہوم ورک ختم کر کے ٹی وی دیکھنے بیٹھ جاتی ہوں۔

رعنا: آپ کے والدین آپ کو مستقل ٹی وی دیکھنے سے منع نہیں کرتے ؟

شمسہ: منع تو کرتے ہیں۔ کچھ دن ٹی وی دیکھنا کم کر دیتی ہوں لیکن پھر وہی...

نزہت: توبہ۔ ایسا بھی کیا شوق!

صفیہ: آئندہ ہفتے اسکول کی چھٹیاں ہیں۔ یاسمین تمہارا کیا پروگرام ہے ؟

یاسمین: آپ لوگ میرا چھٹیوں کا پروگرام سنیں گے تو حیران رہ جائیں گی۔ میں اپنے والدین کے ساتھ ساؤتھ اینڈ (South End) جاؤں گی۔ آپ لوگ بھی چلنا چاہیں تو اپنے والدین سے اجازت لے کر ہمارے ساتھ چل سکتی ہیں۔

نزہت: وہاں سے واپسی کب ہو گی؟

یاسمین: بس شام تک واپس آجائیں گے۔

شمسہ: آپ اپنا ٹیلی فون نمبر لکھوادیں، اگر اجازت مل گئی تو آپ کو بتادیں گے۔

رعنا: جی لکھیے۔ میرا فون نمبر ہے: 2411-555-81۔

AT3 L3/4

Exercise A: — **مشق الف:**

Answer the following questions: — مندرجہ ذیل سوالوں کے جواب دیجیے:

1. What type of people would like to make your friends? — 1- آپ کس طرح کے لوگوں کو اپنا دوست بنانا پسند کریں گے / گی؟
2. Do you often visit your friends? — 2- کیا آپ اپنے دوستوں کے گھر اکثر آتے جاتے ہیں؟
3. What do you do at the weekend? Write in detail. — 3- آپ ویک اینڈ پر کیا کرتے ہیں؟ تفصیل سے لکھیے۔
4. What television programmes do you like and why? — 4- آپ کو ٹی وی کے کون کون سے پروگرام پسند ہیں، اور کیوں؟
5. Do your parents ask you not to watch TV late in the night — 5- کیا آپ کے والدین آپ کو رات دیر تک ٹی وی دیکھنے سے روکتے ہیں؟

Exercise B: — **مشق ب:**

Finalize a pinic programme on telephone with your friend. — اپنی دوست کے ساتھ ٹیلیفون پر پکنک کا پروگرام طے کیجیے۔

AT4 L3/4

Exercise C:

Write the habits of your friends which you like and dislike?

مشق ج:

اپنے دوستوں کی پسندیدہ اور ناپسندیدہ عادتیں لکھیے۔

عادتیں جو ناپسند ہیں	عادتیں جو پسند ہیں	دوست کا نام
-1	-1	
-2	-2	
-3	-3	
-1	-1	
-2	-2	
-3	-3	
-1	-1	
-2	-2	
-3	-3	

Exercise D:

Some friends have gathered at your birthday party. Write a chit chat on the occasion in the form of a dialogue.

مشق د:

آپ کی سالگرہ پر چند دوست جمع ہیں۔ اس موقع پر ہونے والی گپ شپ کو مکالمے کی صورت میں لکھیے۔

Exercise E:

Last week your school cricket team played a match with the team of Bright Star. Write a dialogue about the match between four students of your class.

مشق ہ:

پچھلے ہفتے آپ کے اسکول کی کرکٹ ٹیم کا برائٹ اسٹار ٹیم سے میچ ہوا، اس کھیل کے بارے میں کلاس کے چار طلبا کے درمیان گفتگو لکھیے۔

Exercise F:

Write briefly about at least four occasions of meeting with the people, for example:
A farewell party in the school.

مشق و:

ملاقات کے کم از کم چار موقعوں کا مختصر طور پر ذکر کیجیے۔
مثلاً اسکول کی الوداعی پارٹی۔

موقع	الوداعی پارٹی			
اہم دوست جو شریک ہوئے				
کیا انتظامات کیے گئے				
کس کس نے تقریر کی				
کیا کھلایا پلایا گیا				
چند دلچسپ باتیں				

Vocabulary ذخیرۂ الفاظ

Often	*Āksār*	اَکثَر
Detail	*Tāfseel*	تَفصِیل
Chit chat	*Gāp shāp*	گَپ شَپ
Nature, Temperament	*Mizaaj*	مِزَاج
Girl friend (of a girl)	*Sāhaylee*	سَہیلی
To assist, To share	*Haath bātaanaa*	ہَاتھ بَٹَانَا
To prohibit, To stop	*Mānā' kārnaa*	مَنع کَرنَا
Surprised, Astonished	*Hairaan*	حَیرَان

Lesson No. 32 **سبق نمبر32**

فلم دیکھنے کا پروگرام

Film Daykhnay kaa Prograam

Programme to See a Film

عامر: ہیلو طارق، السلام علیکم، کیسے ہو؟

طارق: وعلیکم السلام عامر۔ میں بالکل ٹھیک ہوں، شکریہ۔ تم کیسے ہو؟

عامر: میں نے یہ جاننے کے لیے فون کیا ہے کہ آج رات تمہارا کیا پروگرام ہے؟

طارق: کچھ نہیں، گھر ہی پر ہوں۔

عامر: کیا تم آج رات میرے ساتھ سینما دیکھنے چل سکتے ہو۔

طارق: کیوں نہیں، مجھے تمہارے ساتھ وقت گزار کر بڑی خوشی ہوگی۔ پتہ ہے روبی سینما میں بہت اچھی فلم لگی ہے۔

عامر: ہاں یار، میں بھی وہی فلم دیکھنا چاہتا ہوں۔

طارق: اچھا سنو، میرے ساتھ اس وقت فرید بیٹھا ہوا ہے۔ وہ ہمارا ساتھ دے سکتا ہے۔ تم کہو تو اسے بھی لے چلیں۔

عامر: پھر تو اور بھی لطف آئے گا۔ پوچھو اس کا کیا ارادہ ہے۔

طارق: (فرید سے) میں اور عامر رات کو فلم کا پروگرام بنا رہے ہیں۔ تم بھی چلو گے؟

عامر: سوری یار، میں نہیں جاسکتا۔ آج رات ہمارے گھر کچھ مہمان کھانے پر آرہے ہیں۔

طارق: (عامر سے) سوری عامر، فرید ہمارے ساتھ نہیں جاسکتا۔ اس کے گھر کچھ مہمان عشائیے پر آرہے ہیں۔

عامر: چلو کوئی بات نہیں۔ اس کے ساتھ پھر کبھی چلے جائیں گے۔ اچھا تو رات آٹھ بجے روبی سینما کے دروازے پر ضرور ملنا۔

طارق: ٹھیک ہے، میں ٹھیک آٹھ بجے وہاں پہنچ جاؤں گا۔ تم دیر مت کرنا ورنہ ٹکٹ نہیں ملے گا۔
عامر: بہت بہتر، خدا حافظ
طارق: خدا حافظ۔

AT3 L3/4

Exercise A:

مشق الف:

Answer the following questions:

مندرجہ ذیل سوالوں کے جواب دیجیے:

1. Why did Aamir ring Tariq?
2. Which cinema is showing a good film?
3. Will Fareed accompany Aamir and Tariq to watch the film? Why?
4. When and where will they meet?
5. Which type of film do you like to watch?

1- عامر نے طارق کو فون کیوں کیا؟
2- کس سنیما میں اچھی فلم لگی ہے؟
3- کیا فرید بھی عامر اور طارق کے ساتھ فلم دیکھے گا؟ کیوں؟
4- دونوں کب اور کہاں ملیں گے؟
5- آپ کس قسم کی فلم دیکھنا پسند کرتے ہیں؟

AT4 L2/3

Exercise B:

مشق ب:

Where do people go for outing? Write the names of at least five places.

گھر سے باہر وقت گزارنے کے لیے لوگ کہاں کہاں جاتے ہیں؟ کم از کم پانچ مقامات کے نام لکھیے۔

AT2 L4

Exercise C:

مشق ج:

Make a list of cinema houses and theatres of your city.

اپنے شہر کے سنیما گھروں اور تھیٹرز کی فہرست بنائیے۔

Exercise D:

مشق د:

Write five sentences for each of any two from the above list.

اوپر کی فہرست میں سے کسی دو کے بارے میں اردو میں پانچ جملے لکھیے۔

AT4 L3/4

Exercise E: مشق ہ:

Your friend has invited you at a dinner in a restaurant but you are unable to accept his invitation for some reason. Write a regret letter to him.

آپ کے دوست نے ایک ریستوران میں رات کے کھانے پر آپ کو دعوت دی ہے لیکن آپ کسی وجہ سے نہیں جاسکتے۔ خط لکھ کر اس سے معذرت کیجیے۔

AT4 L3/4

Exercise F: مشق و:

Complete the following table by forming the sentences in Past, Present and Future tenses.

مندرجہ ذیل خاکے کو ماضی، حال اور مستقبل کے جملے بنا کر مکمل کیجیے۔

مستقبل	حال	ماضی	نمبر
		میں نے فون کیا۔	1
	تم کھیل رہی ہو۔		2
وکٹر کھانا کھائے گا۔			3
		میرے پاس فرید بیٹھا ہوا تھا۔	4
	وہ نہیں جاسکتا۔		5
میں پہنچ جاؤں گی۔			6

Vocabulary ذخیرۂ الفاظ

To know, To inquire	*Jaannaa*	جاننَا
To pass time	*Waq̄t guzaarnaa*	وَقت گزارنَا
To accompany	*Saath d̄ainaa*	سَاتھ دَینَا
Joy, Pleasure	*Lut̄f*	لُطف
To enjoy	*Lut̄f aanaa*	لُطف آنَا
Intention	*Iraad̄ah*	اِرَادَہ
Dinner	*Ishaa-iyyāh*	عِشَائِیَّہ
Late	*D̄ayr*	دِیر
Guest	*Māhmaan*	مَہمَان

Lesson No. 33 — سبق نمبر33

صفائی ستھرائی

S̄afaa-ee Suthraa-ee

Cleanliness

صحت مند رہنے کے لیے اپنے جسم کو صاف ستھرا رکھنا ضروری ہے۔ ہمیں اپنے کپڑوں اور ارد گرد کے ماحول کو بھی صاف رکھنا چاہیے۔ اللہ تعالیٰ نے ہمارے جسم کی اندرونی صفائی کا ایک خود کار نظام رکھا ہے۔ ہماری جلد میں نہایت باریک باریک سوراخ ہیں جن کو مسام کہتے ہیں۔ ان کے ذریعے پسینا خارج ہوتا ہے۔ جلد کے ذریعہ پسینے اور سانس کے ذریعہ گندی ہوا کا اخراج جسم کی صفائی میں مدد کرتے ہیں۔ ہوا میں شامل گرد و غبار جلد پر جم جاتا ہے جو مسامات کو بند کر دیتا ہے۔ ان کے بند ہونے سے اور جلد کے میلا رہنے سے بعض جلدی بیماریاں پیدا ہو جاتی ہیں جیسے پھنسی پھوڑے وغیرہ۔ اس لیے ہر شخص کو روزانہ غسل کرنا چاہیے۔

آنکھیں اللہ تعالیٰ کی بہت بڑی نعمت ہیں۔ زیادہ روشنی سے آنکھوں کو بچانا چاہیے اور کم روشنی میں بھی لکھنا پڑھنا یا کوئی اور کام نہیں کرنا چاہیے۔ اسی طرح ناک کی صفائی بھی ضروری ہے۔ روزانہ صبح شام دانتوں کو صاف کرنا چاہیے۔ خاص طور پر رات کو سونے سے پہلے دانتوں کو صاف کرنا ضروری ہے۔ ہاتھوں اور پیروں کے ناخن بڑھ جائیں تو انہیں کاٹنا چاہیے۔ مختصر یہ کہ بیماری سے بچنے کے لیے جسم کو ہر وقت صاف ستھرا رکھنا اور صاف لباس پہننا ضروری ہے۔

AT3 L4

Exercise A: | مشق الف:

Answer the following questions: | مندرجہ ذیل سوالوں کے جواب دیجیے:

1. Why should we keep our body clean?
2. Why is it necessary to take a daily bath?
3. Why is it necessary to brush our teeth after every meal?
4. How does sweat come out of our body?
5. How should we care our eyes?

1- ہمیں جسم کی صفائی کس لیے کرنی چاہیے؟
2- روزانہ نہانا کیوں ضروری ہے؟
3- ہر کھانے کے بعد دانتوں پر برش کرنا کیوں ضروری ہے؟
4- ہمارے جسم سے پسینہ کیسے خارج ہوتا ہے؟
5- ہمیں اپنی آنکھوں کی حفاظت کیسے کرنی چاہیے؟

AT4 L3

Exercise B: | مشق ب:

How do you keep your room clean? Write five sentences?

آپ اپنے کمرے کو کیسے صاف رکھتے ہیں؟ پانچ جملے لکھیے۔

AT4 L4

Exercise C: | مشق ج:

The things on which flies sit should not be eaten. Write a dialogue of two friends about it.

جن چیزوں پر مکھیاں بیٹھی ہوں، انہیں نہیں کھانا چاہیے۔ اس بارے میں دو سہیلیوں کی گفتگو لکھیے۔

Exercise D: | مشق د:

Write a letter in Urdu to the Local Council giving some suggestions to keep your area clean, for example:

اپنے محلے کی صفائی کے لیے لوکل کونسل کے نام ایک خط میں کچھ تجاویز پیش کیجیے۔

1.To sweep daily. 2.To put dust bins around.

3.To wash the streets. 4.To spray insecticides.

5.Maintenance of drainage system, etc.

AT4 L4

Exercise E:

مشق ہ:

What are the arrangements for cleanliness at your school. Write a paragraph of about 100 words.

آپ کے اسکول میں صفائی کے کیا کیا انتظامات ہیں۔
تقریباً سو الفاظ کا ایک مضمون لکھیے۔

Vocabulary ذخیرۂ الفاظ

Draining out. Extrusion	*Ikhraaj*	اِخْرَاج
Thin	*Baareek*	بَارِیك
Towel	*Tauliyaa*	تَوْلِیَا
Pimple	*Phunsee*	پُھنسِی
Abcess	*Phoaraa*	پُھوڑَا
Perspiration, Sweat	*Paseenaa*	پَسِیْنَا
Skin	*Jild*	جِلْد
Soon	*Jald*	جَلْد
To excrete, To exhale	*Khaarij hoanaa*	خَارِج ہُوْنَا
Breath	*Saans*	سَانس
Dirt, Filth	*Gandagee*	گَندَگِی
Dust	*Gard-o-Ghubaar*	گَرْد و غُبَار
Compulsory	*Laazmee*	لَازِمی
Pores	*Masaamaat*	مَسَامَات
Blessing	*Nai'mat*	نِعْمَت

Lesson No. 34 سبق نمبر 34

غزل

Ghazal

ابنِ مریم ہوا کرے کوئی   میرے دکھ کی دوا کرے کوئی
نہ سنو، گر برا کہے کوئی   نہ کہو، گر برا کرے کوئی
روک لو، گر غلط چلے کوئی   بخش دو، گر خطا کرے کوئی
کون ہے جو نہیں ہے حاجت مند   کس کی حاجت روا کرے کوئی
جب توقع ہی اٹھ گئی غالبؔ
کیوں کسی کا گلہ کرے کوئی

مرزا اسد اللہ خان غالبؔ

AT2 L3/4

Exercise A: مشق الف:

Answer the following questions: مندرجہ ذیل سوالوں کے جواب دیجیے:

1. What do you know about Mary's son? 1- ابن مریم کے بارے میں آپ کیا جانتے ہیں؟
2. What was the mircale of the Holy Christ? 2- حضرت عیسیٰ کا معجزہ کیا تھا؟
3. What should we do if someone says or does wrong? 3- اگر کوئی برا کہے یا برا کرے تو ہمیں کیا کرنا چاہیے؟
4. How many words the poet has used for wrong? Write them down? 4- شاعر نے برائی کے لیے جتنے الفاظ استعمال کیے ہیں انہیں لکھیے۔
5. Who is the poet? Write at least three sentences about him? 5- اس نظم کا شاعر کون ہے؟ اس کے بارے میں کم از کم تین جملے لکھیے؟

Exercise B: مشق ب:

Explain the second and fourth couplets of the poem. نظم کے دوسرے اور چوتھے شعر کی تشریح کیجیے۔

Exercise C: مشق ج:

Write down all the rhyming words of this poem.

شاعر نے نظم میں جو قافیے استعمال کیے ہیں ان سب کو ایک جگہ لکھیے۔

AT4 L3

Exercise D: مشق د:

Each student of the class should take a separate paper and fill in the given two coulmns. Compare who has made more sentences.

کلاس میں تمام طلبا و طالبات ایک ایک علیحدہ کاغذ لے کر اس پر مندرجہ ذیل دو خانے بنائیں اور اسے پر کر کے دیکھیں کہ کس نے زیادہ جملے بنائے ہیں۔

ہمیں کیا نہیں کرنا چاہیے	ہمیں کیا کرنا چاہیے
1- جھوٹ نہیں بولنا چاہیے۔	1- سچ بولنا چاہیے۔
-2	-2
-3	-3
-4	-4
-5	-5

Vocabulary ذخیرۂ الفاظ

Mary's son, (Christ)	*Ibn-e-Maryam*	اِبنِ مَریَم
Pain, Ailment	*Dukh*	دُکھ
If	*Gar, Agar*	گَر، اَگَر
Wrong, Bad	*Buraa*	بُرا
To stop, To forbid	*Roaknaa*	رُوکنا
Wrong, Incorrect	*Ghalat*	غَلَط
To forgive, To pardon	*Bakhsh dainaa*	بَخش دَینا
Mistake, Wrong	*Khataa*	خَطَا
Need, Requirment	*Haajat*	حَاجَت
Needy	*Haajat mand*	حَاجَت مَند
To fulfil the need	*Haajat rawaa karnaa*	حَاجَت رَوا کَرنَا
Hope, Expectation	*Tawaqqu'*	تَوَقُّع
Complaint	*Gilah*	گِلَہ

ہدف

Target

خاکے میں دیے گئے حروف کو آپس میں ملا کر آپ زیادہ سے زیادہ کتنے الفاظ بنا سکتے ہیں؟ تین حروف سے کم کا لفظ بنانے کی اجازت نہیں ہے۔ ہر لفظ میں درمیانی حرف (الف) شامل ہونا لازمی ہے۔ ایک لفظ ایسا بنائیے جس میں یہ پانچوں حروف استعمال ہوں۔ "ی" کو "ے" کی طرح بھی استعمال کیا جاسکتا ہے۔ مشکل الفاظ کے معنی بریکٹ میں دیے گئے ہیں۔

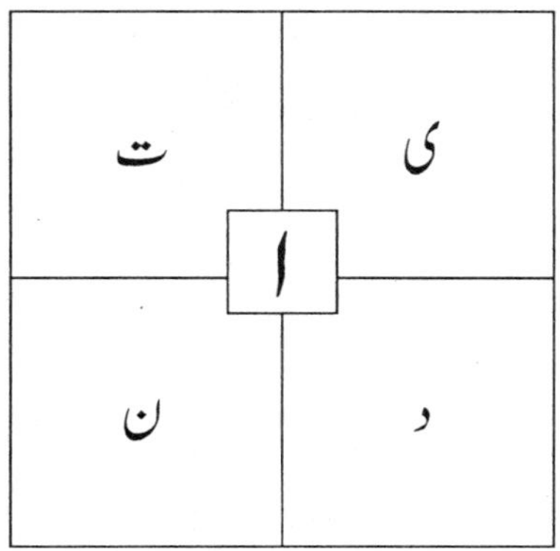

حل

1- آنت (جسم میں ہاضمے کی نالی)

2- آنی (دودھ سے مکھن نکالنے کا آلا)

3- اتنی (اس قدر)

4- ادنیٰ (کم تر، نیچ)

5- انتی (کان میں پہننے کا ایک زیور)

6- انیت (ظلم)

7- داتن (مسواک، دانتوں کو صاف کرنے کی لکڑی)

8- دانت

9- دنیا

10- دیانت (ایمان داری)

11- ناتی (نواسا)

12- نیتا (رہنما، لیڈر)

13- یاد

Lesson No. 35 | سبق نمبر 35

وکیل

Wākeel

Lawyer

انگلینڈ میں دو قسم کے وکیل ہوتے ہیں، ایک بیرسٹر اور دوسرا سولیسیٹر۔

بیرسٹر کو ہائی کورٹ (اعلیٰ عدالت) تک مقدمات لڑنے کی اجازت ہوتی ہے جبکہ سولیسیٹر کا تعلق محض مؤکل ہی سے ہوتا ہے۔ سولیسیٹر قوانین کے تقریباً تمام حصوں سے پوری طرح واقف ہوتا ہے۔ وہ لوگوں کو قانونی مشورے دیتا ہے اور طلاق وغیرہ کے کاغذات (دستاویزات) تیار کرتا ہے۔ وہ جائیداد کی خرید و فروخت کے کاغذات کی تیاری کے علاوہ کبھی کاروباری معاملات کے متعلق بھی ضروری کارروائی کرتا ہے۔

ناصرہ کو اپنے پڑوسی سے شکایت ہے۔ وہ مشورے کے لیے اسمتھ نامی سولیسیٹر کے پاس گئی ہے۔ آپ بھی ان کی گفتگو سنیے۔

ناصرہ: ہیلو مسٹر اسمتھ۔

اسمتھ: ہیلو، میں آپ کی کیا مدد کر سکتا ہوں؟

ناصرہ: میں اپنے پڑوسی کے خلاف عدالت میں مقدمہ درج کرانا اور ہرجانہ وصول کرنا چاہتی ہوں۔ اس نے پتھر پھینک کر میری کھڑکی توڑ دی ہے۔

اسمتھ: آپ اس وقت کیا کر رہی تھیں؟

ناصرہ: میں اس وقت غسل کر رہی تھی۔

اسمتھ: آپ کا کیا خیال ہے، اس نے یہ حرکت کیوں کی۔

ناصرہ: وہ موسیقی بہت تیز بجاتا ہے۔ اس سلسلے میں میری اس سے کئی مرتبہ بحث ہو چکی ہے۔
اسمتھ: ٹھیک ہے۔ میں اس کو نوٹس دوں گا کہ وہ آپ کے نقصان کی تلافی کرے۔
ناصرہ: اگر وہ اس کے لیے تیار نہیں ہوا تو؟
اسمتھ: تو پھر ہم مقدمہ درج کرائیں گے۔ آپ کے خیال میں کتنا نقصان ہوا ہے۔
ناصرہ: تقریباً ستر پونڈ کا۔
اسمتھ: بہت بہتر۔ میں آج ہی کارروائی شروع کرتا ہوں۔
ناصرہ: شکریہ، مجھے امید ہے کہ آپ کی محنت رنگ لائے گی۔
اسمتھ: ضرور، کیوں نہیں۔

AT3 L3/4

Exercise A: — **مشق الف:**

Answer the following questions: — مندرجہ ذیل سوالوں کے جواب دیجیے:

1. What is a lawyer ? — 1- وکیل کسے کہتے ہیں؟
2. How many types of lawyers are there in England and what are they called? — 2- انگلینڈ میں کتنی قسم کے وکیل ہوتے ہیں، ان کو کیا کہتے ہیں؟
3. Who prepares the documents for selling and buying properties? — 3- جائداد کی خرید و فروخت کے لیے کاغذات کون تیار کرتا ہے؟
4. What was Nasira's complaint against her neighbour? — 4- ناصرہ کو اپنے پڑوسی سے کیا شکایت تھی؟
5. How much Nasira claimed for her loss — 5- ناصرہ کا کتنا نقصان ہوا؟

Exercise B: — **مشق ب:**

Fill in the blanks. — خالی جگہ پر کیجیے۔

1-وکیل کا تعلق...... سے ہوتا ہے۔ (گھر، دفتر، قانون)
2-اعلیٰ عدالت میں مقدمہ لڑنے والے وکیل کو...... کہتے ہیں۔ (آفیسر، بیرسٹر، سولیسیٹر)
3-...... مختلف قانونی دستاویزات تیار کرتا ہے۔ (سولیسیٹر، کلرک، جج)
4-ناصرہ قانونی مشورے کے لیے...... کے پاس گئی۔ (بہن، اسمتھ، پڑوسی)
5-پڑوسی نے ناصرہ کی...... توڑ دی۔ (ہڈی، چھت، کھڑکی)
6-پڑوسی نے جب پتھر پھینکا تو ناصرہ...... میں تھی۔ (غسل خانے، باورچی خانے، بیٹھک)
7-ناصرہ کا پڑوسی موسیقی...... بجاتا ہے۔ (آہستہ، تیز، نہیں)

8- پڑوسی سے ناصرہ کی کئی مرتبہ ...... ہو چکی ہے۔ (بحث، لڑائی، صلح)

9- ناصرہ کا...... پونڈ کا نقصان ہوا۔ (پچاس، ساٹھ، ستر)

10- اسمتھ پہلے پڑوسی کو...... دے گا۔ (نوٹس، رقم، دھمکی)

AT4 L4

Exercise C: مشق ج:

You want to become a lawyer after you complete your education. Why? Give at least five reasons fot it.

تعلیم مکمل کر کے آپ وکیل بننا چاہتے ہیں، کیوں؟ کم از کم پانچ دلائل دیجیے۔

Exercise E: مشق ہ:

Write down singular and plural words in the following columns.

مندرجہ ذیل خانوں میں واحد جمع لکھیے۔

واحد	مقدمہ		کاغذ		شکایت		نقصان		خیال
جمع		قوانین		دستاویزات		معاملات		حرکات	

Vocabulary ذخیرۂ الفاظ

Law	*Qaanoon*	قَانُون
Suit, Petition, Legal case	*Muqad-damah*	مُقَدَّمَہ
Court	*Adaalat*	عَدَالَت
Permission	*Ijaazat*	اِجَازَت
Document, Papers	*Dastaawayz*	دَسْتَاوِیز
Complaint	*Shikaayat*	شِکَایَت
Loss	*Nuqsaan*	نُقْصَان
Compensation.	*Harijaanah*	ہرَجَانَہ
Mischief, Movement	*Harkat*	حَرکَت
To make good	*Talaafee*	تَلافِی
Proceeding	*Kaar-rawaa-ee*	کارْرَوَائِی

Lesson No. 36 سبق نمبر36

بچوں کے کھیل

Bach-chaun kay Khayl

Childern's Games

''آؤ مل کر کھیلیں'' یہ سنتے ہی اکثر بچے کھیلنے کے لیے دوڑ پڑتے ہیں۔ گھر پر چھٹی کا دن ہو یا اسکول میں تفریح کا وقفہ، بچے اپنا وقت کھیل کود میں گزارنا پسند کرتے ہیں۔ کام کے وقت کام اور کھیل کے وقت کھیل ہو تو بچوں کو کبھی منع نہیں کرنا چاہیے۔ کھیلنا بھی اسی طرح ضروری ہے جس طرح کھانا پینا، لکھنا پڑھنا یا کوئی اور کام کرنا۔ آئیے پاکستان اور ہندوستان کے بچوں کے کچھ کھیل دیکھتے ہیں۔

کبڈی

Kabaddee

کبڈی کا کھیل پاکستان اور بھارت میں بہت جگہ مقبول ہے۔ اکثر دیہات میں اسے بڑے شوق سے کھیلا جاتا ہے۔ سب سے پہلے کسی میدان میں ایک مربع کا نشان بنایا جاتا ہے۔ پھر اس کے درمیان میں ایک لکیر کھینچ کر چار یا چھ

کھلاڑیوں کی دو ٹیمیں لکیر کے دونوں طرف کھڑی ہو جاتی ہیں۔ ایک ٹیم کا کھلاڑی مسلسل کبڈی کبڈی کہتا ہوا لکیر پار کر کے مخالف ٹیم کے کسی کھلاڑی کو چھونے کی کوشش کرتا ہے۔ اگر وہ کسی بھی مخالف کھلاڑی کو چھو کر ایک ہی سانس میں کبڈی کبڈی کہتا ہوا واپس لکیر کو چھو لے تو مخالف ٹیم پر ایک پوائنٹ بن جاتا ہے۔ مخالف ٹیم کی کوشش ہوتی ہے کہ وہ اسے پکڑ لے اور اس وقت تک واپس نہ جانے دے جب تک اس کا سانس نہ ٹوٹے۔ لکیر تک پہنچنے سے پہلے اس کا سانس ٹوٹ جائے تو مخالف ٹیم کو ایک پوائنٹ مل جاتا ہے۔ اب دوسری ٹیم کا کھلاڑی کبڈی کبڈی کہتا ہوا پہلی ٹیم کی طرف جائے گا اور کھیل اسی طرح جاری رہے گا۔ مقررہ وقت میں جس ٹیم کے کھلاڑی زیادہ پوائنٹس حاصل کر لیں وہی ٹیم کامیاب قرار دی جاتی ہے۔

لنگڑی ٹانگ *Lāngree Taang*

لنگڑی ٹانگ میں کھلاڑیوں کی تعداد آٹھ سے دس ہوتی ہے۔ اس میں سامان کی ضرورت پیش نہیں آتی۔ لنگڑی ٹانگ میں ایک بچہ اپنی ایک ٹانگ کو زمین سے اٹھا کر پالے (مقررہ مربع یا کورٹ) میں بھاگتے ہوئے بچوں کو پکڑنے کی کوشش کرتا ہے۔ لنگڑی ٹانگ کا طریقہ بہت آسان ہے۔ اس کھیل کے ذریعے بچوں کی جسمانی ورزش ہوتی ہے۔ پہلے ایک بچہ اپنے گھٹنے سے پیر کو موڑ کر اور ایک ہاتھ سے پکڑ کر یہ ظاہر کرنے کی کوشش کرتا ہے کہ جیسے وہ لنگڑا ہے۔ پھر یہ بچہ دوسرے بچوں میں سے کسی ایک کو پکڑنے کی کوشش کرتا ہے۔ لنگڑے بچے کی پکڑ سے بچنے کے لیے دوسرے بچے پالے کے اندر ہی ادھر ادھر دوڑتے ہیں۔ اگر کسی بچے کا پاؤں پالے کی کسی لکیر سے چھو جائے تو اسے سزا کے طور پر "لنگڑا" بننا پڑتا ہے اور پرانا "لنگڑا کھلاڑی" اپنی دونوں ٹانگوں کے ساتھ دوسرے بھاگتے دوڑتے کھلاڑیوں کے گروپ میں شامل ہو جاتا ہے۔ اگر لنگڑے کھلاڑی کی لنگڑی ٹانگ دوڑتے ہوئے غلطی سے زمین کے ساتھ چھو جائے تو اگلی بار بھی وہی لنگڑا بنتا ہے۔ لنگڑا بچہ کسی دوسرے بچے کو پکڑنے میں کامیاب ہو جائے تو پکڑا جانے والا بچہ لنگڑا بنتا ہے۔

پہل دوج *Pāhāl Dooj*

پہل دوج کو گھر کے صحن یا کھلے میدان میں کھیلا جاتا ہے۔ اس کھیل کو تین سے چار کھلاڑی بآسانی کھیل سکتے ہیں۔ پہل دوج کے لیے صرف ایک ہلکے پتھر یا کسی پھل کے سوکھے ہوئے چھوٹے چھلکے کی ضرورت ہوتی ہے۔

اس کھیل کے لیے زمین پر چار خانوں کا خاکہ بنایا جاتا ہے۔ ہر خانہ تین فٹ لمبا اور چار فٹ چوڑا ہوتا ہے۔ یہ خانے کچھ اس طرح بنائے جاتے ہیں کہ پہلے خانے میں ایک، دوسرے میں دو، تیسرے میں ایک اور چوتھے میں دو

حصے ہوتے ہیں۔ اس طرح اس خانے میں چھ مقام ہوتے ہیں۔ ایک کھلاڑی اس خاکے سے ذرا فاصلے پر کھڑا ہو کر اپنا پتھر یا چھلکا چوتھے یا آخری خانے کے چھٹے حصے میں پھینکتا ہے۔ اگر اس کا نشانہ صحیح نہیں ہوتا تو دوسرے کھلاڑی کی باری ہوتی ہے۔ جس کھلاڑی کا پھینکا ہوا پتھر درست خانے پر جاتا ہے وہ کھلاڑی پہلے خانے میں ایک پیر سے، دوسرے میں دونوں پیروں سے، تیسرے خانے میں ایک پیر سے اور چوتھے خانے میں بھی ایک پیر سے کھڑا ہو کر، اسی خانے کے ایک حصے سے اپنا پتھر اٹھاتا ہے۔ اب یہ کھلاڑی پیچھے دیکھے بغیر اپنے پتھر کو واپس پالے میں اچھالتا ہے۔ اگر اس کا پتھر پالے سے باہر گرتا ہے تو وہ آؤٹ ہو جائے گا، اگر اس کا اچھالا ہوا پتھر، پالے کے کسی حصے میں گرے تو وہ اس کھلاڑی کا گھر سمجھا جائے گا۔

اب یہ کھلاڑی جس طرح پالے کے آخری حصے تک آیا تھا، گرے ہوئے پتھر کو اٹھاتے ہوئے اسی طرح واپس جائے گا۔ اس بات کا خیال رکھا جاتا ہے کہ کھلاڑی کا پیر، پالے کی کسی لکیر سے نہ ٹکرائے۔ اس طرح جس کے سب سے زیادہ گھر بنیں گے، وہ اس کھیل میں جیت جائے گا۔ یہ کھیل کم عمر لڑکیوں میں زیادہ مقبول ہے۔

پٹّھو واری *Pitthoo Waaree*

پٹھو واری ایک ورزشی کھیل ہے، اسے دو ٹیموں کے ساتھ بھی کھیلا جاسکتا ہے۔ اس کھیل کے لیے سات چکنے اور سپاٹ پتھر اور ایک ٹینس بال کی ضرورت ہوتی ہے۔

ایک چھوٹے سے دائرے میں ساتوں پتھروں کو اوپر نیچے رکھ دیا جاتا ہے۔ ایک ٹیم کا کھلاڑی ان پتھروں کا گیند سے نشانہ لیتا ہے۔ اگر اس کے نشانے سے یہ پتھر بکھر جاتے ہیں تو ٹیم کے باقی ساتھی ان کو واپس ترتیب سے رکھنے کی کوشش کرتے ہیں جبکہ مخالف ٹیم کے کھلاڑی ٹینس بال سے ان کھلاڑیوں کے جسم کا نشانہ لیتے ہیں۔ اگر اس دوران کسی کھلاڑی کو نشانہ بنالیا جاتا ہے تو ٹیم کا یہ کھلاڑی کھیل سے آؤٹ ہو جاتا ہے۔ اور اگر ٹیم بکھرے ہوئے پتھروں کو ترتیب سے رکھنے میں کامیاب ہو جائے تو اسے سات پوائنٹ مل جاتے ہیں۔

اس طرح جب ایک ٹیم اپنی باری پوری کر لیتی ہے تو دوسری ٹیم کی پتھروں کو نشانہ بنانے کی باری آتی ہے۔ جس

ٹیم کے پوائنٹس زیادہ ہوں وہ کھیل جیت جاتی ہے۔

پٹھواری میں بیٹنگ کرنے والی ٹیم کو فیلڈنگ کرنے والی ٹیم کی پھینکی ہوئی بال سے بچنا ہوتا ہے۔ اور یہی چیز بچوں کو چست اور پھرتیلا بناتی ہے۔

Paanee Paalaa پانی پالا

پانی پالا کو دو ٹیموں کے چار کھلاڑی کھیل سکتے ہیں۔ سب سے پہلے زمین پر تقریباً چار میٹر (12 فٹ) قطر کا دائرہ بنایا جاتا ہے۔ ایک ٹیم کا کھلاڑی، اس دائرے کے اندر قید کردیا جاتا ہے جبکہ اس کا دوسرا ساتھی دائرے کے باہر کھڑا ہوجاتا ہے۔

مخالف ٹیم کے دونوں کھلاڑی دائرے کے اندر ہی کھڑے ہوتے ہیں اور ''قیدی'' کی نگرانی کرتے ہیں۔ اگر باہر کھڑے ہوئے کھلاڑی نے اندر والے ایک کھلاڑی کو چھولیا تو وہ اس قید سے آزاد خیال کیا جائے گا۔ باہر والے کھلاڑی کو اپنے قدم دائرے کے اندر رکھنے کی اجازت نہیں ہوتی جبکہ دائرے کے اندر موجود مخالف ٹیم کے دونوں کھلاڑی نہ صرف اپنے قیدی کی حفاظت کرتے ہیں بلکہ ساتھ ہی باہر والے کھلاڑی کو پکڑنے کی بھی کوشش کرتے ہیں۔

اس طرح جب ایک ٹیم کی باری مکمل ہوجاتی ہے تو دوسری ٹیم دائرے کے اندر رہ کر مخالف ٹیم کے قیدی کی حفاظت کرتی ہے۔ یہ ایک ورزشی کھیل ہے جس میں ہر کھلاڑی کو متحرک اور چوکس رہنا پڑتا ہے۔

Gullee D̄andaa گلّی ڈنڈا

پاکستان اور ہندوستان کے بچوں کا ایک مقبول کھیل گلی ڈنڈا ہے۔ یہ کھیل عموماً کھلی جگہ یا بڑے میدانوں میں کھیلا جاتا ہے۔ اس کے لیے ایک نوکیلی گلی اور ایک موٹے ڈنڈے کی ضرورت ہوتی ہے۔ گلی ڈنڈا پانچ سے چھ لڑکوں پر مشتمل دو ٹیموں کے درمیان کھیلا جاتا ہے۔ سب سے پہلے چار فٹ قطر کا ایک دائرہ بنایا

جاتا ہے، جس کے وسط میں گلی سے ذرا چھوٹا ایک گڑھا کھود لیا جاتا ہے۔ اسے گچی کہتے ہیں۔ سب سے پہلے بیٹنگ کرنے والی ٹیم کا ایک کھلاڑی ڈنڈے کا ایک سرا، گچی میں گلی کے نیچے رکھ کر گلی کو ہوا میں اچھالتا ہے۔ بیٹنگ کرنے والی ٹیم کا کھلاڑی اگر گلی کو ہوا میں اچھالنے میں ناکام ہو جاتا ہے یا پھر گلی اچھل کر دائرے ہی میں گر جاتی ہے تو کھلاڑی کو ایک اور موقع دیا جاتا ہے۔ اگر مخالف ٹیم کا کوئی کھلاڑی زمین پر گرنے سے پہلے گلی کو پکڑ لیتا ہے تو بیٹنگ کے لیے دوسرا کھلاڑی آتا ہے۔ گلی زمین پر گر جانے کی صورت میں، اسے زمین سے اٹھانے سے قبل گلی سے گڑھے تک کا فاصلہ ناپا جاتا ہے۔ جتنے ڈنڈوں کو فاصلہ ہوگا اتنے ہی پوائنٹ بیٹنگ کرنے والی ٹیم کو مل جاتے ہیں۔ گلی ڈنڈے کا کھیل بیٹنگ کرنے والے تمام کھلاڑیوں کے آؤٹ ہونے تک جاری رہتا ہے۔ اس کے بعد مخالف ٹیم بیٹنگ کرتی ہے۔ اس مقابلے میں کامیاب وہی ہوتا ہے جس کے پوائنٹس زیادہ ہوتے ہیں۔

AT3 L4/5

Exercise A: / مشق الف:

Answer the following questions: / مندرجہ ذیل سوالوں کے جواب دیجیے:

1. Why children must play games? / 1- بچوں کے لیے کھیل کیوں ضروری ہیں؟
2. Where do they play the game Gullee Dandaa (tip-cat)? / 2- گلی ڈنڈا کہاں کھیلا جاتا ہے؟
3. How may childern can play Langree Taang? / 3- کتنے بچے لنگڑی ٹانگ کھیل سکتے ہیں؟
4. What is required for playing Pahal Dooj? / 4- پہل دوج کھیل کے لیے کس چیز کی ضرورت ہوتی ہے؟
5. What is required for Pitthoo Waaree? / 5- پٹھو واری کھیل میں کن چیزوں کی ضرورت ہوتی ہے؟
6. What is the diameter of the circle made in Paanee Paalaa? / 6- پانی پالا میں کتنے قطر کا دائرہ بنایا جاتا ہے؟
7. Which game is very popular in Pakistan and India? / 7- کون سا کھیل پاکستان اور ہندوستان میں بہت مقبول ہے؟
8. Who is generally declared successful in every game? / 8- ہر کھیل میں عام طور پر کسے کامیاب قرار دیا جاتا ہے؟

AT4 L3/4

Exercise B: / مشق ب:

Write five sentences each about any two children's games played in England? / انگلینڈ میں کھیلے جانے والے بچوں کے دو کھیلوں کے بارے میں پانچ پانچ جملے لکھیے۔

AT4 L4

Exercise C: مشق ج:

Tell your class which game you like most.

اپنی کلاس کو بتائیے کہ آپ کو کون سا کھیل سب سے زیادہ پسند ہے؟

AT4 L3/4

Exercise D: مشق د:

Write five sentences about the game you do not like and why?

جو کھیل آپ کو ناپسند ہے اس کے بارے میں پانچ جملے لکھیے۔

Vocabulary ذخیرۂ الفاظ

Most, Majority	*Aksar*	اَکْثَرْ
Tip-cat	*Gullee Dandaa*	گُلّی ڈَنْڈَا
Diametre	*Qutr*	قُطْر
Pit	*Garhaa*	گڑَھا
A small pit	*Guch-chee*	گُچّی
Tip, End	*Siraa*	سِرَا
To toss up in the air	*Uchhaalnaa*	اُچھَالْنَا
Circle	*Daa-erah*	دَائِرَہْ
To catch	*Pakar lainaa*	پَکَڑْ لَینَا
Lame	*Langraa, Langree*	لَنْگڑَا، لَنْگڑی
Kit, Items	*Saamaan*	سَامَان
Square	*Murabba'*	مُرَبَّعْ
To touch	*Chhoonaa*	چھُونَا
Substitute, Playmate	*Pitthoo*	پِٹُّھو
Turn (of play)	*Waaree*	وَاری
Smooth	*Chiknaa*	چِکْنَا
Flat	*Sapaat*	سَپَاٹ
Stone, Pebble	*Patthar*	پَتَّھرْ
Target, Aim	*Nishaanah*	نِشَانَہْ

Target, Goal	*Hadaf*	ہَدَف
Active	*Chust*	چُست
Quick, Alert	*Phurteelaa*	پھُرتِیلا
Court	*Paalaa*	پالا
To make prisoner	*Qaid karnaa*	قَید کَرنَا
Prisoner	*Qaidee*	قَیدِی
Active	*Mutaharrik*	مُتَحَرّک
To pull	*Khainchnaa*	کھینچنَا
First second	*Pahal Dooj*	پَہَل دُوج
Peel, Shell	*Chhilkaa*	چھِلکَا

اَبجَد	حُرُوفِ	اُردُو
Abjad	*Huroof-e-*	*Urdu*

Urdu Alphabet

Here is a complete list of Urdu alphabet with pronunciation and phonetic value of each letter. Urdu words begin with these letters and their correct pronunciations are also given in the next column. In the last column, the exact or almost exact sound is given.

The practice of these letters and words will help the students and teachers understand Urdu words with their correct pronunciation.

Sound as in	Pronunciation	Urdu Word	Phonetic Value	Pronunciation	Urdu Letter
farm, charm	*aam*	آم	*aa*	*Alif Mad*	آ
sub, large	*ab, baal*	اَب٬ بال	*a, aa*	*Alif*	ا
bus	*bas*	بَس	*b*	*Bay*	ب
pin	*pin*	پِن	*p*	*Pay*	پ
throne	*tan*	تَن	*t*	*Tay*	ت
tin	*tin*	ٹِن	*t*	*Tay*	ٹ
sit	*sanaa*	ثنا	*s*	*Say*	ث
jug	*jin*	جِن	*j*	*Jeem*	ج
chit, chat	*chit*	چِٹ	*ch*	*Chay*	چ
hen	*hajj*	حج	*h*	*Hay*	ح
Munich	*Khaan*	خان	*kh*	*Khay*	خ
that	*dil*	دِل	*d*	*Daal*	د
dog	*dar*	ڈَر	*d*	*Daal*	ڈ
zeal	*zam*	ذم	*z*	*Zaal*	ذ
run	*rab*	رَب	*r*	*Ray*	ر
-	*ar*	اَڑ	*r*	*Ray*	ڑ
zero	*zar*	زَر	*z*	*Zay*	ز

Sound as in	Pronunciation	Urdu Word	Phonetic Value	Pronunciation	Urdu Letter
vision	zhalah	ژالہ	zh	Zhay	ژ
sin	sab	سَب	s	Seen	س
shoe	shab	شَب	sh	Sheen	ش
sick	saabir	صابر	s	Suaad	ص
zoo	zid	ضِد	z	Zuaad	ض
think	tib	طِب	t	Toay	ط
zinc	zarf	ظرف	z	Zoay	ظ
urban	arab	عرب	a	Ain	ع
-	ghul	غل	gh	Ghain	غ
film	film	فِلم	f	Fay	ف
-	qalam	قلم	q	Qaaf	ق
king	kal	کل	k	Kaaf	ک
go	gap	گپ	g	Gaaf	گ
lip	lab	لَب	l	Laam	ل
man	man	مَن	m	Meem	م
nib	nib	نِب	n	Noon	ن
renaissance	haan	ہاں	n	Noon Ghunnaa	ں
wig	wig	وِگ	v,w	Vao	و
hat	haar	ہار	h	Hay	ہ
bath	haath	ہاتھ	h	Do-chashmee Hay	ھ
ill	qaaid	قائد	a,e,i	Hamza	ء
yard, seen	yaar, been	یار، بین	y,ee	Chhotee Yay	ی
brain, bat	bayl, bain	بیل، بین	ay, ai	Baree Yay	ے

In the list of Urdu alphabet given above you will note that some letters have a soft and others have a hard sound. To differentiate, we have overlined the letters which have a softer sound while the words with a harder sound been underlined, for example:

kh	کھ	zh	ژ	d	ڈ	t	ت
g	گ	gh	غ	r	ر	t	ٹ
-	-	q	ق	r	ڑ	kh	خ
-	-	k	ک	z	ز	d	د

Vowels اِعراب Eraab

Vowels, in English, are the letters a, e, i, o ,u. Actually, a vowel is the sound capable of forming a syllable. With the help of these vowels other letters of the English alphabet join to form words and give some sound. In Urdu, *Zabar,* (َ), *Zayr* (ِ), *Paysh* (ُ) are used as short vowels and these are called *Eraab* (اعراب). Letters *Alif Mad*, (آ) *Alif* (ا), *Noon* (ں), *Vao* (و), *Chhotee Yay* (ی) and *Baree Yay* (ے), produce different sounds when joined diferently. A brief explanation is given below to guide you in the joining of letters and production of their sounds.

Nearest Sound in English	Pronunciation	Urdu Word
Sound as in arm	*aap*	آپ
Sound as in but	*tat*	ٹُٹ
Sound as in what	*taat*	ٹاٹ
Sound as in culture	*kal*	کل
Sound as in jackal	*kaal*	کَال
Sound as in sin	*sin*	سِن
Sound as in seen	*seen*	سِین
Sound as in sick	*ik*	اِک
Sound as in break	*ayk*	ایک
Sound as in miss	*iss*	اِس
Sound as in push	*uss*	اُس
Sound as in kin	*din*	دِن
Sound as in protein	*deen*	دِین
Sound as in fan	*dain*	دَین
Sound as in pony	*raushan*	رَوشن
Sound as in boon	*oon*	اُون
Sound as in Khan	*haan*	ہَاں
Sound as in renaissance	*haan*	ہَاں

When a letter comes with the Urdu letter *Alif* (ا) short vowel *Jazam* (ـْـ) is not used on *Alif* (ا) to join the two letters. The *Zabar* (ـَـ) of the letter coming before *Alif* (ا) gives the sound of *Aaa* (آ). For example (*Jaa*) جا meaning "go" and (*Naa*) نا meaing "no".

اردو کے حرف الف سے پہلے کوئی دوسرا حرف آئے تو ان دونوں حروف کو ملانے کے لئے جزم (ـْـ) کی علامت استعمال نہیں کرتے۔ شروع کے حرف کا زبر الف کے ساتھ مل کر خود بخود آ (*Aa*) کی آواز دیتا ہے۔ مثلاً جا (*Jaa*) نا (*Naa*) وغیرہ۔ کچھ اور الفاظ دیکھئے۔

بَاب کھانا بَاجَا رَاج نَام

In a two or three-letter word if short vowel *Jazam* (ـْـ) is used on the second letter, the last letter (s) will join without the short vowel(s). Some example are given below.

تین یا چار حرفی الفاظ میں دوسرے حرف پر اگر جزم (ـْـ) کی علامت ہے تو آخری حرف / حروف ساکن ہوتے ہیں اور عام طور پر ان پر کوئی علامت (short vowel) نہیں ہو گی۔ مثلاً گرم *Garm* (Hot)، کاشت *Kaasht* (Cultivation)۔ چند اور مثالیں نیچے دی گئی ہیں۔

Meaning معنی	آواز	لفظ	Meaning معنی	آواز	لفظ
Friend	*Doast*	دُوست	Body	*Jism*	جِسْم
Cultivation	*Kaasht*	کاشت	Pleasure, enjoyment	*Lutf*	لُطْف
Cloud	*Abr*	اَبْر			
Brick	*Eent*	اِینٹ	Difference	*Farq*	فَرْق
Exploration	*Daryaaft*	دَرْیافت	Day	*Roaz*	رُوز

When a letter comes with the short vowel *Paysh* (ـُـ) before the letter *Vaao* (و) it gives two sounds, soft and hard. For example, in word بُوجھ (*Boajh*) the sound of *Paysh* is soft and it is indicated like this ـُـ. In the word بُوجھ (*Boojh*) the sound of *Paysh* is hard and is indicated by ـٗـ. Some more examples are given below:

اردو کے حرف "و" سے پہلے آنے والے حرف پر پیش (ـُـ) کی علامت (short vowel) دو طرح استعمال ہوتی ہے، جس سے آواز بھی بدل جاتی ہے۔ مثلاً بُوجھ *Boajh* (means weight) اور بُوجھ *Boojh* -(means to comprehend)۔ پہلے لفظ میں پیش کی آواز ہلکی (soft) اور دوسرے میں بھاری (hard) ہے۔ اس فرق کو واضح کرنے کے لئے کتاب میں پیش کی دو علامتیں (ـُـ) اور (ـٗـ) استعمال کی گئی ہیں۔ بُوجھ (*Boajh*) میں پیش کی آواز ہلکی ہے اسے (ـُـ) سے ظاہر کیا گیا ہے۔ بُوجھ (*Boojh*) میں پیش کی آواز بھاری ہے جسے (ـٗـ) سے ظاہر کیا گیا ہے۔ کچھ اور مثالیں یہ ہیں۔

Meaning	Roman	Word		Meaning	Roman	Word	
		Soft Sound	Hard Sound			Soft Sound	Hard Sound
Peacock	*Moar*	مُور		Grandson	*Poataa*	پُوتا	
Idol	*Moortee*		مُورتی	Worship	*Poojaa*		پُوجا
Say, Tell	*Boal*	بُول		Bread	*Roatee*	رُوٹی	
Herb	*Bootee*		بُوٹی	Cotton	*Roo-ee*		رُوئی